16	3	2	13
5	10	11	8
9	6	7	12
4	15	14	1

Coleção LESTE

Iuri Tyniánov

O TENENTE QUETANGE

Tradução e notas
Aurora Fornoni Bernardini

Prefácio
Boris Schnaiderman

Posfácio
Veniamin Kaviérin

editora■34

EDITORA 34

Editora 34 Ltda.
Rua Hungria, 592 Jardim Europa CEP 01455-000
São Paulo - SP Brasil Tel/Fax (11) 3811-6777 www.editora34.com.br

Copyright © Editora 34 Ltda., 2023
Tradução © Aurora Fornoni Bernardini, 2002
Prefácio © Boris Schnaiderman, 2002
Posfácio © Veniamin Kaviérin, 1965/1982

A FOTOCÓPIA DE QUALQUER FOLHA DESTE LIVRO É ILEGAL E CONFIGURA UMA
APROPRIAÇÃO INDEVIDA DOS DIREITOS INTELECTUAIS E PATRIMONIAIS DO AUTOR.

A tradução de Aurora Fornoni Bernardini foi publicada originalmente
em 2002, pela Cosac Naify, e foi revista para a presente edição.

Imagem da capa:
Poster do filme Porútchik Kijé, *1934 (detalhe)*

Capa, projeto gráfico e editoração eletrônica:
Franciosi & Malta Produção Gráfica

Revisão:
Danilo Hora, Beatriz de Freitas Moreira

1ª Edição - 2023

CIP - Brasil. Catalogação-na-Fonte
(Sindicato Nacional dos Editores de Livros, RJ, Brasil)

Tyniánov, Iuri, 1894-1943
T598t   O tenente Quetange / Iuri Tyniánov;
tradução e notas de Aurora Fornoni Bernardini;
prefácio de Boris Schnaiderman; posfácio de
Veniamin Kaviérin — São Paulo: Editora 34,
2023 (1ª Edição).
96 p.   (Coleção Leste)

ISBN 978-65-5525-150-0

Tradução de: Podporútchik Kijé

1. Literatura russa. I. Bernardini, Aurora
Fornoni. II. Schnaiderman, Boris (1917-2016).
III. Kaviérin, Veniamin (1902-1989). IV. Título.
V. Série.

CDD - 891.73

O TENENTE QUETANGE

Prefácio, *Boris Schnaiderman*...................................... 7

O TENENTE QUETANGE 19

Posfácio, *Veniamin Kaviérin*...................................... 74

Sobre o autor 93
Sobre a tradutora 95

QUASE-PREFÁCIO

Boris Schnaiderman

ESTRANHEZAS DE UM CONTO SUBVERSIVO

O nome de Iuri Tyniánov (1894-1943) é bastante familiar, no Brasil, entre os que se aplicam a estudos teóricos de literatura. Trabalhos como "A evolução literária", "O fato literário" e "O problema da linguagem poética" aparecem citados em muitas dissertações defendidas em nossas universidades, ao lado das famosas "teses" de 1929, "Os problemas dos estudos literários e linguísticos", elaboradas com Roman Jakobson e que expressaram a posição teórica de estudiosos do assim chamado Formalismo Russo, pouco antes da proibição pura e simples daquela corrente em 1930.

Alguns dos nossos pesquisadores vão mais longe e acabam citando estudos de Tyniánov que não estão traduzidos para o português, mas são correntes na bibliografia internacional nesse campo, como é o caso de "Dostoiévski e Gógol: para uma teoria da paródia" e alguns outros que figuram no livro *Arcaizantes e inovadores*. No entanto, as traduções desse livro em línguas ocidentais (pelo menos, aquelas a que tive acesso) são na realidade seleções desse volume, que tem no original 595 páginas (edição de 1929).

O ensaio mais extenso, "Os arcaizantes e Púchkin" (geralmente excluído em publicações ocidentais, pois, além das dificuldades de tradução, contém citações minuciosas de poetas russos desconhecidos no Ocidente) ocupa 140 páginas e é, na realidade, o desenvolvimento de uma tese: segundo

Prefácio

Tyniánov, a oposição clássicos/românticos, corrente em histórias da literatura, foi bem menos importante na Rússia que a oposição, na primeira metade do século XIX, entre arcaizantes e inovadores. Em defesa desse ponto de vista (ligado às preocupações deste "formalista" com a evolução literária, que ele procura desvincular dos chavões da historiografia tradicional), desenvolve um estudo muito rico da poesia daquele período, mas evidentemente essa riqueza de elementos e certa vibração, que ali se percebe, acabaram transbordando do estudo meticuloso e teórico. O próprio texto erudito parecia pedir que seu autor desse largas à imaginação e assumisse o registro ficcional em relação ao mesmo período e aos mesmos heróis.

E foi o que ele fez, havendo, portanto, uma conexão íntima e profunda entre os seus estudos de literatura e seus romances e contos.

Já o primeiro de seus romances, *Kiúkhlia*, é uma decorrência direta desses estudos. Tyniánov entusiasmou-se pela obra de W. L. Küchelbecker (apelido: Kiúkhlia), companheiro de geração e amigo de Púchkin, seu colega no famoso liceu de Tsárskoie Sieló (Aldeia dos Tsares), destinado a formar jovens da nobreza, escolhidos a dedo para se tornarem a elite que deveria governar a Rússia, mas de onde saíram ardentes opositores do sistema e participantes do levante de dezembro de 1825, o primeiro movimento dirigido declaradamente contra a autocracia reinante.

Küchelbecker era conhecido apenas pelos poucos poemas que publicou em almanaques da época e por alguns manuscritos, cuja maior parte não estava arquivada e que Tyniánov conseguiu adquirir num antiquário. Ele foi, por conseguinte, o primeiro a estudar o conjunto da obra do poeta. O trato com esses materiais levou-o também a publicá-los numa edição cuidadosa.

Aquele jovem poeta seria condenado à morte e, comutada a pena, passaria dez anos em trabalhos forçados e mais dez em degredo na Sibéria. E ao mesmo tempo, em poesia e nos trabalhos críticos que publicou, era um arcaizante convicto, ligado ao grupo que procurava sublinhar a importância da tradição linguística baseada no eslavo eclesiástico, a língua literária vigente com exclusividade até fins do século XVII. Realmente, aquele jovem de família alemã e nome tão arrevesado para os russos era uma contradição ambulante: muito ligado à poesia clássica, e com as características de um romântico extremado. Era, pois, a personalidade ideal para demonstrar o quanto se revelavam precárias as classificações literárias consagradas.

As mesmas preocupações com a geração de Púchkin e o que ela representou constituíram o eixo em torno do qual girou toda a criação ficcional de Tyniánov, com algumas incursões em períodos anteriores. Outro romance que publicou, *A morte de Vazir-Mukhtar*, é dedicado a Aleksandr S. Griboiédov, o diplomata que era chegado aos dezembristas, mas não participou da revolta. Depois de algum tempo na prisão, enviaram-no à Pérsia como ministro plenipotenciário, e nessa função foi linchado pela multidão que invadiu a embaixada russa em 1829. Autor da tragédia em versos *A desgraça de ter espírito*, uma das obras máximas do repertório teatral russo, ele foi uma personalidade rica e contraditória, e esta riqueza e contradição certamente exerceram fascínio sobre Tyniánov.

Tal como suas outras obras de ficção, *O tenente Quetange* evidencia as posições teóricas que ele defendia. Na fase final do Formalismo Russo, Tyniánov costumava chamar Viktor Chklóvski de "mecânico", e nesse caso a palavra tinha sentido duplo. Chklóvski era apaixonado por automóveis, inclusive pela parte mecânica, e, ao mesmo tempo, havia nisso uma alusão ao que Tyniánov via de mecanicista em sua teorização.

A narrativa se baseia numa anedota que circulou na Rússia no reinado de Paulo I, mas evidentemente ela serviu

Prefácio

apenas de estopim e deu o primeiro impulso, tudo o mais foi criado pelo autor.

É fácil compreender a escolha do tema. Entre os "formalistas" russos estava consagrada a fórmula: fábula + procedimento (*priom*) = enredo (*siujét*). Isto é, o procedimento era soberano, era o que fazia de um escrito uma obra literária. Ora, se nós reduzimos a narrativa de Tyniánov a seus elementos mais simples, ao "esqueleto", isto é, à fábula reproduzida com as palavras mais comuns, continuamos tendo uma história muito engraçada e uma sátira ao poder absoluto, detentor do direito de determinar o que podia e o que não podia continuar existindo, mesmo que se tratasse de uma ficção linguística, transformada em lei pela assinatura do monarca.

Chega a ser surpreendente a ousadia desta sátira que tem por objeto o autoritarismo. Por bem menos, muitas obras deixaram de ser publicadas ou só puderam aparecer a partir do governo de Gorbatchóv, cerca de setenta anos após a Revolução de Outubro, e seus autores enfrentaram consequências gravíssimas, mesmo no caso de textos que ficaram inéditos. Ora, *O tenente Quetange* foi publicado em 1928 e teve um sem-número de edições, em plena vigência do Realismo Socialista. Continua sendo um mistério para mim o fato de ter sido possível fazer circular aquela sátira feroz ao domínio de um homem só, com pormenores completamente inaceitáveis pelos padrões da época. Como Tyniánov conseguiu evitar que fossem cortados trechos em que damas da corte, no final do século XVIII, aparecem com tinta dourada nos mamilos, soltos ao léu em seus vestidos suntuosos? Francamente, é difícil conciliar isto com as exigências de uma literatura edificante. Teria contribuído para esta concessão a "folha corrida" limpa do autor, que atuara como tradutor e intérprete do Comintern em 1918-1921? Ora, como se sabe, este fato poderia ser até um agravante, quando Stálin se voltou contra a velha guarda bolchevique.

Aliás, pode-se fazer uma conjectura. Se a censura na Rússia tinha mil olhos e começava pelo "redator", o responsável pelo texto final, determinadas obras acabavam proibidas ou toleradas por ordem do próprio Stálin. Assim, a peça de Mikhail Bulgákov, *Os dias dos Turbin*, chegou a ter mais de oitocentas representações no Teatro de Arte de Moscou e foi assistida pelo ditador doze vezes, antes de sua proibição, conforme já assinalei em meu *Os escombros e o mito* (Companhia das Letras, 1997). E a segunda parte do filme de Eisenstein, *Ivan, o Terrível*, foi condenada depois de concluída, certamente por tratar da tragédia do poder absoluto, que só consegue manter-se pela violência sem peias. Não teria havido, no caso de Tyniánov, uma intervenção de Stálin, no sentido de se permitir a publicação? Pois não dá para supor que os "órgãos responsáveis" não tivessem percebido aquele desmascaramento.

Seja como for, o conto nos remete à personalidade rica e esfuziante de Tyniánov. Seus contemporâneos deixaram memórias em que ele nos aparece com muita verve e uma capacidade extraordinária de improvisação, um inventor de textos a cada momento. Embora não tenha deixado obra sistemática de poeta, aparecem nessas reminiscências versos de ocasião altamente elaborados, e outros saíram, em diferentes períodos, em revistas literárias (mais uma vez, temos um paradoxo difícil de explicar: o crítico bem moderno, o apreciador dos cubofuturistas e autor de um estudo famoso sobre Khliébnikov fazia versos bem metrificados e com rimas a caráter). Tyniánov trouxe, ainda, uma contribuição importante para o conhecimento de Heine na Rússia, chegando a publicar três volumes com traduções de seus poemas para o russo.

Ocupou-se bastante de cinema e, além de ensaios, escreveu roteiros de filmes, inclusive para *O capote*, baseado no conto famoso de Gógol. Nos últimos anos de vida, esteve muito doente, mas continuou trabalhando com intensidade,

Prefácio

em meio às dificuldades terríveis decorrentes da guerra. Sua obra de ficcionista e seus estudos teóricos falam-nos com igual intensidade até hoje e fazem-nos pensar em como foi possível tamanha realização em tão pouco tempo e em circunstâncias tão difíceis.

QUETANGE E SUA CIRCUNSTÂNCIA HISTÓRICA

Contando uma historieta sobre o reinado de Paulo ou Pável I (1796-1801), Iuri Tyniánov na realidade trazia à baila o grande paradoxo da história russa, pois aquele reinado constituiu um aguçamento, uma exasperação de tudo o que havia de insânia na existência do imenso país subdesenvolvido e que se tornara, no século XVIII, uma das potências militares no jogo de poder na Europa e no mundo.

A própria personalidade do monarca já nos obriga a pensar isto. Filho de Catarina II, sua formação foi entregue a subalternos, e ele viu de perto uma corte em que se tramavam intrigas e mais intrigas, e a aproximação do centro do poder estava muitas vezes ligada a episódios de alcova.

A deposição e morte de seu pai, Pedro III, em consequência de um golpe de Estado promovido por Catarina em 1762, com a ajuda do amante, quando Paulo tinha oito anos, constituiu com certeza o acontecimento que o marcaria para sempre. Apenas se viu no poder, teve a preocupação máxima de fazer o contrário das ações de sua mãe, tanto mais que, segundo tudo indica, ela procurara fazer com que o trono coubesse ao filho de Paulo, Alexandre.

Tal como o pai, Paulo tinha um gosto especial pelas paradas militares e por tudo o que se relacionasse com o exército. E também, certamente, pela burocracia, conforme aparece no conto de Tyniánov. Aliás, o grande historiador russo, V. O. Kliutchévski (1841-1911), em seu *Curso de história russa*, afirma que o período entre 1796 e 1855 ficou marca-

12   Boris Schnaiderman

do pelo desenvolvimento intenso da burocracia, num processo em que a nobreza tinha situação privilegiada.[1] No entanto, Paulo I procurou limitar esses privilégios, e de modo geral, certamente, sua intenção era transformar os nobres em funcionários sem poderes maiores de decisão.

Muitos de seus atos pareciam ter intenção progressista, mas faltou-lhe firmeza em promover transformações. Por exemplo, um de seus *ukazes* (decretos) limitava os privilégios da nobreza, no caso a nobreza fundiária, e reduzia a três dias apenas a corveia dos servos da gleba, isto é, o tempo que deviam dedicar aos trabalhos para seu amo. No entanto, as fontes históricas afirmam que, na prática, esta lei não favoreceu os camponeses, e, segundo o mesmo Kliutchévski, o reinado ficou marcado, até, por um fortalecimento do regime servil.[2]

Essa incoerência total na condução do Estado russo resultou também numa confusão completa na política externa.

A Rússia alinhou-se com os países que lutavam contra a França republicana e participou da Segunda Coalizão. Para enfrentar os franceses, convocou-se o grande cabo de guerra russo, A. V. Suvórov, famoso principalmente por suas vitórias contra os turcos no reinado de Catarina II, e que já estava com quase setenta anos.

Atacando o norte da Itália, suas tropas ocuparam então as principais cidades. No entanto, ele foi chamado para acudir a um exército russo que estava lutando ao lado dos austríacos na Suíça. Suvórov realizou então algo que parecia impossível, pois atravessou os Alpes com suas tropas, mas essa campanha resultou em frustração, pois o exército russo comandado por A. Rímski-Kórsakov foi vencido antes da

---

[1] V. O. Kliutchévski, *Kurs rússkoi istórii* [*Curso de história russa*], parte V, in *Sotchiniênia* [*Obras*], vol. V, p. 188.

[2] *Op. cit.*, pp. 191 ss.

Prefácio

chegada de Suvórov, e os austríacos também se retiraram. Suvórov teve de recuar com seu exército mal abastecido e maltrapilho; pouco depois, Napoleão, que voltara do Egito, derrotou os austríacos e retomou o norte da Itália. Ora, por mais estranho que pareça, Paulo I voltou-se então contra a Inglaterra e, embora não tenha feito aliança formal com Napoleão, chegou a preparar a invasão da Índia pelo norte.

Depois de todas estas confusões, os colaboradores mais chegados do Imperador foram ao palácio, investiram contra ele quando estava dormindo e acabaram sufocando-o com grandes travesseiros de penas. Alexandre, o príncipe herdeiro, que seria coroado logo em seguida com o nome de Alexandre I, parece ter participado da conspiração. Pelo menos, permaneceu em seu quarto, enquanto o pai era assassinado.

Mas quem era na verdade esse tsar que aparece no conto de Tyniánov?

Nas histórias da Rússia, ele é geralmente caracterizado como *samodur*, isto é, indivíduo de um comportamento extravagante e imprevisível. Mas não são poucos os compêndios em que ele é definido simplesmente como um doente mental.

Nas notas para o texto final de seu *Curso*, que são muitas vezes bem mais diretas e incisivas, com um toque mais pessoal e opinativo, Kliutchévski escreve: "Alguns consideravam e consideram Paulo um doente mental. Mas esta opinião apenas justifica o seu reinado indesculpável e não explica a índole infeliz do tsar. Paulo era apenas um tsar moralmente anormal, e não uma pessoa de espírito doente. A doença mental implica privação dos sentidos, é uma infelicidade, mas no caso de ações anormais, a pessoa é responsável, como por um vício a que ela tenha chegado por sua própria culpa".[3]

[3] *Idem, ibidem*, p. 439.

E, em consequência de toda essa situação, "um acampamento cigano deixava maior impressão de cultura que a corte de Paulo I".[4]

É verdade que, nos textos sobre aquele período, aparece às vezes uma visão bem diferente da personalidade do tsar. Assim, em seu famoso diário, publicado na íntegra apenas recentemente, o jornalista A. S. Suvórin,[5] considerado por muitos uma espécie de William Randolph Hearst russo, transcreve a opinião de um amigo, o historiador N. C. Schilder: "Paulo era em parte um Hamlet russo, pelo menos a sua situação era hamletiana, e Hamlet foi proibido no tempo de Catarina II".[6]

Lembro-me também de um filme [*Alta traição*, de Ernst Lubitsch, 1928], um dos primeiros filmes sonoros que apareceram em São Paulo, com o ator alemão Emil Jannings no papel de Paulo I. Sem dúvida, foi uma das impressões mais fortes que me ficaram da infância.

A cena culminante representa os momentos finais de Paulo na mão dos conspiradores, sufocando entre os grandes travesseiros de penas de ganso, quando ele grita pelo seu colaborador mais querido, conde Peter von Pahlen, governador-geral de São Petersburgo, e que estava encabeçando a conspiração. Aqueles gritos repercutiam pelos salões e corredores do palácio magnífico e se perdiam em frente, no espaço imenso da praça coberta de gelo e neve.

Ficou-me na lembrança o desempenho magistral de Jannings, que deu à representação do tsar toques de grande fi-

---

[4] *Idem, ibidem*, pp. 440-1.

[5] *Dnievnik Alieksiéia Sierguéievitcha Suvórina* [*O diário de Aleksei Serguéievitch Suvórin*], Moscou/Londres, Niezavissimaia Gazeta/Garnett Press, 2000 (2ª edição corrigida e ampliada). Devo a Aurora Fornoni Bernardini o acesso a esse livro.

[6] *Op. cit.*, p. 373.

Prefácio

gura trágica. E, certamente, há uma grande tragédia nacional por trás dos episódios impagáveis narrados por Tyniávov.

SOBRE ESTE LIVRO

O tenente Quetange foi traduzido por Aurora Fornoni Bernardini, a meu pedido, no início da década de 1980, para uma editora que pretendia publicar uma coletânea de textos russos, organizada por mim. Depois que essa editora desistiu do projeto, não se tentou mais publicá-lo, evidentemente um erro, superado com esta edição, que exigiu, evidentemente, uma nova revisão do texto. A publicação brasileira apresenta uma característica peculiar. O conto é conhecido no Ocidente como *O tenente Kijé*, e o título também aparece tradicionalmente nas apresentações da suíte que Prokófiev compôs com o seu argumento. O português nos permite, no entanto, uma solução melhor.

Esse Kijé surge no texto em consequência de uma distração do escrivão sonolento que, em lugar de *"podporútchiki jé"*, escreve na minuta de um decreto *"podporútchik Kijé"*, isto é, a expressão "No que tange aos segundos-tenentes..." fica substituída por "o segundo-tenente Kijé". E esse texto, sacramentado com a assinatura imperial, acaba tornando obrigatória a existência do tenente.

A solução encontrada por Aurora Fornoni Bernardini me pareceu extremamente feliz, e por um lapso acabei atribuindo o mérito a Augusto de Campos, como se lê em meu livro *Os escombros e o mito: a cultura e o fim da União Soviética*. Graças à habilidade da tradutora, porém, temos agora em português o mesmo efeito de estranheza do título em russo.

O TENENTE
QUETANGE

1.

O Imperador Pável estava cochilando diante de uma janela aberta. Depois do almoço, enquanto a comida travava uma demorada luta com seu corpo, era proibido qualquer tipo de perturbação. Ele cochilava sentado numa poltrona de espaldar alto, cercada atrás e nas laterais por um biombo de vidro. Pável Petróvitch sonhava seu costumeiro sonho vespertino.

Encontrava-se no jardim bem podado de Gátchina,[1] e um cupido rechonchudo fitava-o de seu canto, durante o almoço familiar. Então, de longe chegou um rangido. Vinha pela estrada esburacada em solavancos regulares. À distância, Pável Petróvitch avistou um chapéu de três bicos, um cavalo a galope, os varais de um cabriolé e a poeira. Escondeu-se embaixo da mesa, pois o chapéu de três bicos era um estafeta. Vinham a galope atrás dele desde Petersburgo.

— *Nous sommes perdus...*[2] gritou à mulher com voz fanhosa, ali debaixo da mesa, para que ela também se escondesse.

Faltava ar debaixo da mesa, o rangido já estava perto e o cabriolé com os varais vinha para cima dele.

O estafeta deu uma espiada embaixo da mesa, enxergou Pável Petróvitch e disse-lhe:

---

[1] Palácio construído pelo conde Orlov, um dos conspiradores que levaram Catarina II ao trono, localizado a 45 km de Petersburgo. (N. da T.)

[2] "Estamos perdidos...", em francês no original. (N. da T.)

— Vossa Majestade. Sua Majestade, vossa mãe, acaba de falecer.

Mas assim que Pável Petróvitch começou a se arrastar de lá de baixo, o estafeta deu-lhe um piparote na testa e gritou:

— Socorro!

Pável Petróvitch ergueu a mão e capturou uma mosca. E assim estava ele ali sentado, os olhos cinzentos arregalados para a janela do palácio Pávlovsk,[3] sufocando por causa da comilança e da tristeza, com a mosca a zumbir-lhe na mão e o ouvido atento.

Alguém ao pé da janela gritava "Socorro!".

---

[3] Residência do Imperador Paulo I (Pável I), que acompanhou pessoalmente os detalhes de sua construção e decoração. O palácio é situado nos arredores de Petersburgo. (N. da T.)

2.

Na chancelaria do regimento Preobrajénski, o escrivão militar fora enviado à Sibéria para cumprir pena. O novo escrivão, rapaz bem jovem ainda, escrevia sentado à escrivaninha. Sua mão tremia, porque estava atrasado. Devia terminar de transcrever a Ordem do Dia do regimento às seis horas em ponto, para que o ordenança de plantão fosse levá-la ao palácio, quando o ajudante de Sua Majestade iria anexá-la a outras tantas ordens e apresentá-la ao Imperador, às nove. Atraso era crime. O escrivão do regimento tinha se levantado antes da hora, mas como houvesse rasurado a Ordem do Dia, ia agora recopiá-la. Na primeira cópia havia cometido dois erros: o tenente Siniukháiev era dado como morto no lugar do finado major Sokolov, cujo nome aparecia imediatamente antes, e, além disso, havia incorrido, sem querer, no seguinte absurdo: em vez de escrever, a propósito de certa promoção, "a nomeação para tenentes que tange a Stíven, Rybin e Azantchéiev foi determinada", ele escrevera: "a nomeação para tenente Quetange, Stíven, Rybin e Azantchéiev foi determinada...". Enquanto escrevia a palavra "tenentes" tinha entrado um oficial, e ele se levantou imediatamente para bater continência, parando justamente aí, depois tornou a sentar-se para a Ordem do Dia, confundiu-se e escreveu: "tenente Quetange".

Ele sabia que se a Ordem do Dia não estivesse pronta às seis em ponto, o ajudante de campo gritaria: "Prendam-no!", e ele seria preso. Por isso sua mão emperrava, ele escrevia cada vez mais devagar, e de repente um belo e enorme borrão de tinta jorrou sobre o papel, como de um chafariz.

Restavam-lhe ao todo dez minutos.

Deixando-se cair para trás, o escrivão olhou para o relógio, como para um ser vivo, e depois, com os dedos, como se estivessem separados do corpo e se movessem por conta própria, pôs-se a procurar uma folha em branco no meio dos papéis, embora ali não houvesse absolutamente folhas em branco, pois costumavam ficar no armário, arrumadas cuidadosamente numa grande pilha.

Mas a um certo momento, já presa de desespero e procurando só por uma questão de brio, ficou petrificado pela segunda vez.

A outra folha, não menos importante que a primeira, também continha incorreções.

De acordo com a Portaria Imperial nº 940, que versava sobre a inconveniência do emprego de certos termos em relatórios, não se devia usar a palavra "examinar", mas *vistoriar*, nem a palavra "executar", mas *cumprir*, muito menos escrever "guarda", mas *vigilância*, e jamais, em hipótese alguma, "destacamento", mas *détachement*.[4]

Para as instituições civis, acrescentava-se ainda que não se devia escrever "grau" e sim *classe*, nem "associação" mas *assembleia*, e ao invés de "cidadão" devia-se empregar *negociante* ou *pequeno-burguês*.

Porém isto já estava escrito em letras miúdas no final da Portaria nº 940, pregada ali mesmo na parede, bem à vista do escrivão, e ele não chegou a ler, mas quanto à palavra "examinar" e às demais, ele as tinha decorado logo no primeiro dia e lembrava-se bem delas.

No papel, que já estava pronto para receber a assina-

---

[4] Em francês russificado no original. (N. da T.)

tura do comandante do regimento e ser enviado ao barão Araktchéiev,[5] estava escrito:

> *Tendo examinado*, por encargo de Vossa Excelência, os *destacamentos* da *guarda*, no que se refere ao cumprimento das missões estabelecidas para a periferia de São Petersburgo e fora desta sede, tenho a honra de informar que tudo já foi *executado*...

E isto não era tudo. A primeira linha daquele mesmo relatório, que havia pouco ele próprio acabara de recopiar, rezava:

> Vossa Excelência Prezado Senhor,

Era do conhecimento de qualquer criança de colo que o vocativo, quando escrito numa única linha, denotava uma ordem, mas nos relatórios de um subordinado, sobretudo se destinados a uma personalidade como o barão Araktchéiev, o mesmo só podia ser escrito em duas linhas:

> Vossa Excelência
> Prezado Senhor,

— o que denota subordinação e cortesia.

E se, pelo uso de *examinar* etc., podiam lhe atribuir a culpa de não ter conferido e não ter prestado a devida atenção, o que dizer do engano com o *Prezado Senhor*, que ele mesmo havia cometido na hora de copiar?

---

[5] Aleksei Andréievitch Araktchéiev (1769-1834), favorito do Imperador e de seu sucessor, Alexandre I, era uma personalidade extremamente reacionária, responsável por estabelecer um regime de despotismo policial e militar. (N. da T.)

Já sem saber o que fazer, o escrivão sentou-se para corrigir esse papel. Mal começou a fazê-lo, esqueceu-se instantaneamente da Ordem do Dia, embora ela fosse muito mais urgente.

Assim, quando o ordenança do ajudante veio atrás da Ordem do Dia, o escrivão olhou para o relógio e para o ordenança e, de repente, entregou-lhe a folha em que o tenente Siniukháiev constava como falecido.

Daí sentou-se e, ainda tremendo dos pés à cabeça, escreveu: *excelências, détachements, de vigilância.*

3.

Às nove horas em ponto soou uma sineta no palácio, o Imperador tinha puxado o cordão. O ajudante de Sua Majestade entrou às nove horas em ponto, trazendo o costumeiro relatório para Pável Petróvitch. Pável Petróvitch estava sentado na mesma posição do dia anterior, junto à janela, cercado pelo biombo de vidro.

Entretanto, não estava dormindo nem cochilando, e a expressão de seu rosto também era outra.

O ajudante sabia, assim como todos no palácio, que o Imperador estava irado. Mas também sabia perfeitamente que a ira sempre procura motivos e, quanto mais os encontra, tanto mais se inflama. Por isso, o relatório não podia ser omitido de jeito nenhum.

Postou-se em posição de sentido à frente do biombo de vidro e às costas do Imperador, e pôs-se a ler o relatório.

Pável Petróvitch não se virou para o ajudante. Ele respirava pesada e espaçadamente.

Durante todo o dia anterior não tinham conseguido descobrir quem gritara "Socorro!" ao pé de sua janela, e à noite ele acordara angustiado duas vezes.

"Socorro!" era um grito absurdo e, a princípio, a ira de Pável Petróvitch não era grande. Era igual à de qualquer pessoa que estivesse tendo um sonho ruim e a quem tivessem impedido de tê-lo até o final. Pois um final feliz do sonho, apesar dos pesares, seria um bom sinal. Depois, ficou curioso: quem tinha gritado "Socorro!" debaixo da janela e por

O tenente Quetange

quê? Mas quando, no palácio todo, mesmo morrendo de medo, não conseguiram descobrir quem tinha sido, a sua ira só fez crescer. Em resumo, o negócio era o seguinte: mesmo no próprio palácio, à hora da sesta, alguém podia causar um distúrbio e permanecer incógnito. Além disso, ninguém conseguia saber a troco de quê tinham gritado "Socorro!". Podia ser o aviso de alguém lamentando o próprio malfeito. Ou, talvez, ali nas moitas, que já tinham sido vasculhadas três vezes, tivessem amordaçado alguém na surdina até estrangulá-lo. Era como se a terra o tivesse tragado. Cabia... Mas cabia o quê, se não tinham identificado a pessoa?

Cabia reforçar a vigilância. E não apenas ali.

Sem se virar, Pável Petróvitch olhava para as moitas verdes e quadradas, parecidas com as do Trianon. Tinham sido aparadas. E, no entanto, não se sabia quem estivera ali.

Então, sem olhar para o ajudante, atirou o braço direito para trás. O ajudante sabia o que isso queria dizer: no período da grande ira o Imperador jamais se virava para trás. Ele enfiou habilmente a Ordem do Dia do regimento da guarda Preobrajénski na mão do Imperador, e Pável Petróvitch pôs-se a lê-la com atenção. Em seguida, o braço tornou a ser atirado para trás e o ajudante, mais habilmente ainda e sem fazer ruído, apanhou a pena da escrivaninha, mergulhou-a no tinteiro, sacudiu-a e, sujando-se de tinta, colocou-a prontamente na mão que esperava. Para o Imperador, tudo devia ser feito no ato. Logo depois, a folha assinada voou para o ajudante. E assim ficou ele estendendo as folhas, e as folhas, assinadas ou simplesmente lidas, voavam uma atrás da outra para o ajudante. Ele já estava se acostumando àquilo e esperava safar-se rapidamente, quando o Imperador pulou da poltrona de espaldar alto.

Dando passos miúdos, correu até o ajudante. Seu rosto estava vermelho, e os olhos, sombrios.

Aproximou-se até encostar e farejou o ajudante. Assim fazia o Imperador quando andava desconfiado. Daí, com dois dedos, segurou firme o ajudante pela manga e deu-lhe um beliscão.

O ajudante ficou em posição de sentido, segurando as folhas na mão.

— O senhor não conhece o ofício — disse com voz fanhosa Pável Petróvitch —, deve ficar por detrás!

E deu-lhe outro beliscão.

— Vou acabar com esse espírito de Potiómkin,[6] saia!

E o ajudante afastou-se de costas em direção à porta.

Tão logo a porta se fechou silenciosamente, Pável Petróvitch tirou depressa o cachecol do pescoço e pôs-se a rasgar o peito da camisa devagar, sua boca entortou-se e os lábios começaram a tremer.

A *suprema ira* estava começando.

[6] Com a expressão "espírito de Potiómkin", que o Imperador de fato usava, Paulo I referia-se à excessiva influência política que os nobres tiveram durante o reinado de sua mãe, Catarina II. O marechal Grigóri Potiómkin (1739-1791), favorito da Imperatriz, apoiou-a no golpe que a conduziu ao trono e levou à morte de seu marido, Pedro III. (N. da T.)

4.

A Ordem do Dia do regimento da guarda Preobrajénski, assinada pelo Imperador, foi por ele iradamente alterada. As palavras *os tenentes Quetange, Stíven, Rybin e Azantchéiev*, foram assim corrigidas: o Imperador tirou os esses finais das duas primeiras, depois riscou os três últimos nomes e escreveu por cima: "O tenente Quetange, para o corpo da guarda". O resto não suscitou qualquer objeção.

A Ordem do Dia foi transmitida.

Ao recebê-la, o comandante tentou insistentemente lembrar quem era o tenente com o estranho sobrenome Quetange. Pegou a lista de todos os oficiais do regimento Preobrajénski, mas não encontrou nenhum com aquele sobrenome. Também não constava da relação oficial. Impossível compreender do que se tratava. No mundo inteiro só havia um escrivão capaz de compreendê-lo, mas ninguém lhe perguntou e ele nada disse a ninguém. Entretanto, a Ordem do Dia do Imperador devia ser cumprida. Não obstante, ela não podia ser cumprida, pois não havia no regimento nenhum tenente Quetange.

O comandante pensou se não era o caso de dirigir-se ao barão Araktchéiev. Mas desistiu no mesmo instante, com um gesto de mão. O barão Araktchéiev morava em Gátchina, e além do mais o desfecho era duvidoso.

E como na desgraça era hábito sempre recorrer a parentes, então o comandante lembrou-se imediatamente de seu parentesco com Sablukov, o ajudante de Sua Majestade, e precipitou-se a galope para Pávlovsk.

Em Pávlovsk reinava uma tremenda confusão e, a princípio, o ajudante não quis de jeito nenhum receber o comandante.

Depois dispôs-se a ouvi-lo, contrariado, e já estava prestes a mandá-lo para o inferno, pois trabalho era o que não lhe faltava, mas de repente franziu o cenho, lançou um olhar ao comandante, olhar este que mudou subitamente, tornando-se inspirado.

Disse o ajudante vagarosamente:

— Não levar o assunto ao conhecimento do Imperador. Considerar como existente o tenente Quetange. Designá-lo para a tropa de vigilância.

Sem olhar uma segunda vez para o derrotado comandante, abandonou-o à própria sorte, aprumou-se e marchou em retirada.

O tenente Quetange

5.

O tenente Siniukháiev era um tenente sem importância. Seu pai era médico do barão Araktchéiev, e o barão, em reconhecimento às pílulas que tinham restaurado suas forças, impingira, de mansinho, o filho do médico ao regimento. A aparência despojada e pouco inteligente do filho agradara ao barão. No regimento ele não tinha nenhum amigo do peito, mas também não fugia dos camaradas. Era de pouca conversa, apreciava o tabaco, não vivia atrás das mulheres e, o que não era absolutamente coisa de um bravo oficial, tocava com prazer o *oboe d'amore.*[7]

Seu equipamento estava sempre bem limpo.

Enquanto liam a Ordem do Dia do regimento, Siniukháiev permanecia, como de hábito, em posição de sentido, e não pensava em nada.

De repente, ele ouviu o seu nome e estremeceu as orelhas, como fazem os cavalos meditabundos ante uma chicotada inesperada.

"O tenente Siniukháiev, que morreu de febre, deixa de pertencer ao regimento."

Nisso, o comandante, que lia a Ordem do Dia, olhou sem querer para o lugar onde Siniukháiev sempre se encontrava e deixou cair a mão que segurava o papel.

Siniukháiev encontrava-se, como sempre, em seu devido lugar. Entretanto, o comandante logo retomou a leitura

---

[7] Oboé barroco, afinado uma terça abaixo. (N. da T.)

30   Iuri Tyniánov

da Ordem do Dia — na verdade não com a clareza de antes —, leu sobre Stíven, Azantchéiev e Quetange, e assim por diante, chegando ao final. Seguiram-se as manobras, e Siniukháiev, junto com os demais, devia executar os exercícios de figuração. Mas, em vez disso, permaneceu em posição de sentido.

Ele estava acostumado a considerar as palavras da Ordem do Dia como palavras especiais, que não tinham nada a ver com as de um simples mortal. Elas não tinham sentido nem significado, mas vida e poder próprios. Não se tratava de cumprir ou não cumprir a Ordem do Dia. De qualquer modo, a Ordem do Dia mudava regimentos, ruas, pessoas, mesmo quando não era cumprida.

Ao ouvir a Ordem do Dia, ele a princípio ficou parado no lugar, como quem não tivesse ouvido bem. Pôs-se a remoer as palavras. Daí, não teve mais dúvidas. Referiam-se a ele. E quando a sua fileira se moveu, ele começou a duvidar se estava mesmo vivo.

Sentir a mão pousada no punho da espada, um certo incômodo devido às correias bem apertadas do cinturão, o peso da trança, untada na manhã daquele dia, dava-lhe a impressão de estar vivo, mas ao mesmo tempo ele sabia que alguma coisa não ia bem, que algo havia sido irremediavelmente perdido. Não pensou sequer uma vez que houvesse erros na Ordem do Dia. Pelo contrário, pareceu-lhe que o errado era ele, que estava vivo por engano. Por negligência, deixara de observar algo e não comunicara a ninguém.

Seja como for, ele arruinou todas as figuras da manobra, ali parado feito um poste na praça. Nem pensar em se mover ele pensou.

Logo que terminou a revista, o comandante avançou para cima do tenente. Estava vermelho. Era um verdadeiro milagre o Imperador, que descansava em Pávlovsk devido ao calor, não estar presente à revista. O comandante tinha ganas de soltar um urro: "Para o calabouço!", mas para dar vazão à cólera era preciso um som mais retumbante, e ele já ia soltar os erres de "masmorra", quando sua boca fechou-se repentinamente, como se nela tivesse entrado uma mosca. E assim permaneceu diante do tenente Siniukháiev por uns dois minutos.

Depois, recuando, como se o outro fosse um empesteado, seguiu o seu caminho.

Lembrou que o tenente Siniukháiev, por motivo de morte, tinha sido excluído dos quadros, e assim conteve-se, porque não sabia como falar com um indivíduo desses.

6.

Pável Petróvitch andava pelo seu aposento, dando umas paradas de vez em quando.

Estava à escuta.

Desde o dia em que o Imperador, de botas empoeiradas e capa de viagem, arrastara estrondosamente as esporas pelo salão e batera a porta, enquanto sua mãe ainda agonizava,[8] tinham notado: a grande ira virava suprema ira, e dali a uns dois dias a suprema ira acabava em pavor ou enternecimento. As quimeras das escadarias de Pávlovsk eram obra do selvagem Brenna,[9] enquanto os tetos e as paredes do palácio foram pintados por Cameron,[10] amante das cores suaves que esmorecem aos olhos de todos. De um lado, as faces escancaradas dos leões, hirtos e antropomorfos, e de outro, o senso de graciosidade.

Além disso, pendiam no salão do palácio dois lampiões, presente do recém-decapitado Luís XVI. O presente fora-lhe oferecido na França, quando ainda viajava disfarçado sob o nome de Comte du Nord.[11]

---

[8] Catarina II faleceu em 17 de novembro de 1796. (N. da T.)

[9] Vincenzo Brenna (1741-1820), arquiteto italiano que trabalhou na Rússia entre 1783 e 1802. (N. da T.)

[10] Charles Cameron (1745-1812), arquiteto escocês que viveu na Rússia de 1779 a 1811. (N. da T.)

[11] Literalmente, conde do Norte. A viagem se deu entre 1781 e 1782. (N. da T.)

Os lampiões eram obras de arte; suas facetas tinham sido feitas de modo a suavizar a luz.

Mas Pável Petróvitch evitava acendê-los.

Havia também um relógio, presente de Maria Antonieta, que ficava em cima de uma mesa de jaspe. O ponteiro das horas era um Saturno de ouro com uma longa foice, e o dos minutos, um Cupido com sua seta.

Quando o relógio batia meio-dia ou meia-noite, Saturno encobria com a foice a seta de Cupido. Isso dava a entender que o tempo vence o amor.

De qualquer modo, não se dava corda ao relógio.

Pois bem, no jardim havia Brenna, nas paredes, Cameron, e, acima da cabeça, oscilava na vastidão do forro o lampião de Luís XVI.

No período da suprema ira, Pável Petróvitch chegava a adquirir certa semelhança externa com um dos leões de Brenna. Então, mesmo com o tempo firme choviam do céu bastonadas sobre regimentos inteiros; durante a noite cerrada, à luz dos archotes, cortava-se a cabeça de alguém no Don; escolhidos ao acaso, marchavam a pé para a Sibéria soldados, escrivães, tenentes, generais e governadores-gerais.

A usurpadora do trono,[12] sua mãe, estava morta. Ele acabara com o "espírito de Potiómkin", como outrora Ivan IV tinha acabado com o "espírito boiardo". Varrera-lhe os ossos e arrasara seu túmulo. Havia eliminado todos os gostos da mãe. Gostos de usurpadora! Ouro, cômodos forrados de seda indiana, aposentos abarrotados de porcelana chinesa e estufas holandesas; e a sala de vidros azuis, a tabaqueira. Uma barraca de feira! As medalhas gregas e romanas das quais ela se vangloriava! Ele mandou que fossem fundidas para dourar seu castelo.

---

[12] A alemã Catarina II subiu ao trono em decorrência de um golpe contra o próprio marido, Pedro III. (N. da T.)

Mesmo assim, o espírito permanecia, o ranço permanecia.

Recendia por toda parte, e talvez por isso Pável Petróvitch adquirira o hábito de farejar seus interlocutores.

E acima de sua cabeça pendia um enforcado francês, o lampião.

E sobrevinha o pavor. O Imperador sentia falta de ar. Ele não temia nem a mulher, nem os filhos mais velhos, cada um dos quais, seguindo o exemplo de sua alegre avó ou sogra, podia espetá-lo com um garfo e sentar-se no trono. Ele não temia nem os ministros suspeitosamente alegres nem os generais suspeitosamente taciturnos. Não temia nenhum dos cinquenta milhões de plebeus, que viviam nos outeiros, charcos, areais e campos de seu império, e que ele jamais conseguira sequer imaginar. Não tinha medo deles, tomados em separado. Juntos, porém, eram um mar e nesse mar ele ia a pique.

Ordenou que cavassem fossos e postos avançados em torno de seu castelo de Petersburgo e que erguessem com correntes a ponte levadiça. Mas as correntes também não eram confiáveis; havia sentinelas a guardá-las.

E quando a suprema ira se transformava em supremo pavor, a Chancelaria dos Assuntos Criminais entrava em funcionamento, e alguém era pendurado pelas mãos, e o chão se abria embaixo de um outro, enquanto lá o esperavam os carrascos justiceiros.

Por isso, quando no aposento do Imperador ressoavam passos ora curtos, ora longos e subitamente trôpegos, todos se entreolhavam angustiados e os sorrisos eram raros.

No aposento imperava o supremo pavor. O Imperador perambulava.

7.

O tenente Siniukháiev encontrava-se naquele mesmo lugar, onde o comandante tinha avançado para passar-lhe uma raspança e, sem passá-la, acabara desistindo tão repentinamente.

Não havia ninguém por perto.

Habitualmente, depois da revista, ele se descontraía, abandonava a posição de sentido, relaxava os braços e dirigia-se para o quartel, bem à vontade. Cada um de seus membros se soltava: era como se fossem independentes.

Em casa, na caserna dos oficiais, o tenente desabotoava a sobrecasaca e punha-se a tocar o *oboe d'amore*. Depois, enchia o cachimbo e olhava pela janela. Ele avistava uma grande parte do jardim que fora arrasado, onde agora havia um deserto chamado Prado da Tsarina. No solo não havia nenhuma variedade, nenhuma vegetação, mas o areal conservava as pegadas dos cavalos e dos soldados. Fumar agradava-lhe em todas as suas etapas: encher o cachimbo, apertar o fumo, as baforadas e a fumaça. Com o fumo a pessoa nunca se sente desamparada. Isso lhe bastava, pois logo entardecia e lá ia ele encontrar-se com os amigos ou simplesmente dar umas voltas.

Apreciava a cortesia das pessoas humildes. Certa vez, um simplório, ao vê-lo espirrar, disse: "Enfie o dedo no nariz, que não espirra o infeliz".

Antes de dormir, ele sentava para jogar baralho com seu ordenança. Ensinara o ordenança a jogar *contra* e *pân-*

filo e, quando este perdia, o tenente dava-lhe com o baralho no nariz, coisa que não se fazia quando era ele a perder. Por fim, verificava o equipamento que o ordenança limpara, ele mesmo enrolava, penteava e untava sua trança, depois ia se deitar.

Mas naquele dia ele não se descontraiu, seus músculos estavam tensos e nem se notava a respiração nos lábios fechados do tenente. Pôs-se a examinar a praça de treinamento e esta pareceu-lhe desconhecida. Pelo menos, nunca tinha reparado antes nas cornijas das janelas do edifício vermelho do Tesouro e em seus vidros opacos.

As pedras redondas do calçamento eram diferentes umas das outras, como irmãs que não se parecem.

A marcial São Petersburgo estendia-se numa formação perfeita, numa regularidade cinzenta, com seus ermos, seus rios e os olhos turvos das calçadas, uma cidade que lhe era absolutamente desconhecida. Ele então compreendeu que havia morrido.

8.

Pável Petróvitch distinguiu os passos do ajudante, aproximou-se como um gato das poltronas que ficavam atrás do biombo de vidro e sentou-se tão decididamente como se estivesse sentado desde sempre.

Ele conhecia os passos dos que se aproximavam. Sentado de costas para eles, reconhecia o andar arrastado dos confiantes, o saltitar dos aduladores e os passos leves, sutis, dos intimidados. Passos espontâneos ele não ouvia.

Dessa vez o ajudante andava confiante, arrastava os pés. Pável Petróvitch virou parcialmente a cabeça.

O ajudante avançou metade do biombo e curvou a cabeça.

— Majestade, quem gritou "Socorro!" foi o tenente Quetange.

— Quem é esse?

O pavor tornou-se mais leve, tinha conseguido um nome.

Essa pergunta o ajudante não esperava, e ele recuou ligeiramente.

— É um tenente nomeado para o serviço da guarda, Majestade.

— E por que estava gritando? — o Imperador bateu o tacão. — Sou todo ouvidos, senhor.

O ajudante permanecia em silêncio.

— Por falta de bom senso — balbuciou.

— Instaure-se o inquérito e, depois de umas chibatas, que seja enviado a pé para a Sibéria.

9.

Foi assim que começou a vida do tenente Quetange. Quando o escrivão copiou a Ordem do Dia, o tenente Quetange não passava de um erro, de um lapso, nada mais. Podiam não tê-lo notado, e ele se afogaria no mar de papéis, pois uma Ordem do Dia não despertava a curiosidade de ninguém, e seria muito improvável que mesmo os futuros historiadores viessem a desenterrá-lo.

O olho caviloso de Pável Petróvitch pinçara o erro e um risco dera-lhe uma vida duvidosa — o lapso tornou-se tenente, sem rosto, mas com nome.

Depois, nos pensamentos entrecortados do ajudante, chegou a se delinear até um rosto, embora muito vago, como num sonho. Tinha sido ele a gritar "Socorro" debaixo da janela do palácio.

Agora esse rosto havia adquirido solidez e forma: o tenente Quetange tinha-se revelado um malfeitor, que fora condenado à estrapada ou, no melhor dos casos, ao cavalete, e à Sibéria.

Era essa a realidade.

Até aqui ela não passava de distração do escrivão, perplexidade do comandante e argúcia do ajudante.

Daqui em diante, o cavalete, as chibatadas e a viagem à Sibéria eram um assunto pessoal.

A ordem devia ser cumprida. O tenente Quetange devia passar da alçada militar à alçada da justiça e, dali, seguir a estrada verdejante direto para a Sibéria.

E assim foi feito.

No regimento ao qual ele pertencia, o comandante, com uma voz trovejante, própria das pessoas completamente perdidas, chamou o nome do tenente Quetange diante da tropa em formação.

Já se encontrava armado num canto o cavalete, e uma dupla de soldados atou-o com correias nas extremidades e nos pés. Os dois soldados, dispostos um de cada lado, aplicaram sete chibatadas à madeira lisa, um terceiro contava-as, enquanto o regimento assistia.

Como a madeira tinha sido polida já de antemão por milhares de barrigas, o cavalete não pareceu absolutamente vazio. Embora não houvesse ninguém nele, mesmo assim era como se alguém estivesse lá. Os soldados franziam o cenho e olhavam para a engenhoca inerte, e o comandante, no final da punição, ficou ruborizado e dilatou as narinas, como sempre.

Depois desataram as correias, e era como se os ombros de alguém tivessem se livrado do cavalete. Dois soldados se aproximaram e aguardaram a voz de comando.

E lá se foram eles pela rua, fuzil ao ombro, afastando-se do regimento a passos regulares, lançando de vez em quando um olhar de esguelha, não um para o outro, mas para o espaço entre os dois.

Numa fileira havia um soldado jovem, recém-recrutado. Ele acompanhava a execução com interesse. Achava que tudo o que estava presenciando era de praxe e acontecia frequentemente no serviço militar.

À noite, porém, virando-se de repente no estrado onde dormia, perguntou baixinho ao velho soldado deitado perto dele:

— Tio, quem é o nosso Imperador?

— Pável Petróvitch, seu burro — respondeu espantado o velho.

— Já viu ele?

— Vi — resmungou o velho —, você também verá.

Calaram-se. Mas o velho soldado não conseguia pegar no sono. Revirava-se no estrado. Passaram-se uns dez minutos.

— Por que você quer saber? — perguntou de repente o velho ao jovem.

— Sei lá — respondeu animado o jovem —, é um tal de Imperador pra cá, Imperador pra lá, mas quem é ele, ninguém sabe. Vai ver, é só conversa fiada...

— Burro — disse o velho, olhando de esguelha para os lados —, cale a boca, seu caipira burro.

Passaram-se mais dez minutos. Escuridão e silêncio reinavam na caserna.

— Ele existe — cochichou de repente o velho no ouvido do jovem —, só que foi trocado.

O tenente Quetange

41

10.

O tenente Siniukháiev observou atentamente o quarto em que vivia até então.

Era um quarto amplo, de teto baixo, com o retrato de um homem de meia-idade, de óculos e um rabicho não muito longo. Era o pai do tenente, o médico Siniukháiev. Ele morava em Gátchina, mas o tenente, olhando para o retrato, já não tinha tanta certeza assim. Talvez morasse, talvez não.

Em seguida, olhou para os seus próprios pertences: o *oboe d'amore* em seu estojo de madeira, os frisadores de cabelo, o potinho de pó de arroz, a areia mata-borrão, e esses pertences olharam para ele. Desviou o olhar.

E assim ficou no meio do quarto, esperando alguma coisa. Era pouco provável que estivesse à espera do ordenança.

Entretanto, foi justamente o ordenança que entrou de mansinho, postando-se diante do tenente. Abriu ligeiramente a boca e ficou ali parado, olhando para ele.

Podia ser que o ordenança tivesse o hábito de ficar assim, aguardando ordens, mas o tenente olhou para ele, como se o visse pela primeira vez, e baixou os olhos.

Convinha ocultar sua morte por algum tempo, como um crime. Ao anoitecer, um rapaz entrou em seu quarto, sentou-se à mesa onde ficava o estojo com o *oboe d'amore*, retirou-o do estojo, soprou e, sem ter conseguido extrair nota alguma, jogou-o num canto.

Daí, gritou pelo ordenança e mandou trazer um licor de cereais. Não olhou uma vez sequer para o tenente Siniukháiev.

Foi o tenente a perguntar com uma voz constrangida:

— Quem é o senhor?

O rapaz, que estava tomando seu licor, respondeu com um bocejo:

— Auditor da Escola de Cadetes junto ao Senado — e mandou o ordenança fazer a cama. Em seguida, começou a se despir, e o tenente Siniukháiev olhava detidamente o auditor descalçar com destreza suas botinas e deixá-las cair com um baque, desabotoar-se, depois cobrir-se com a manta e bocejar. Já estirado na cama, o rapaz olhou de repente para o braço do tenente Siniukháiev e tirou-lhe do punho da manga um lenço de linho. Depois de assoar o nariz, tornou a bocejar.

Só então o tenente Siniukháiev voltou a si e falou, com voz apagada, que aquilo era contra o regulamento.

Impassível, o auditor retrucou que, pelo contrário, tudo estava de acordo com o regulamento, que ele agia em conformidade com o Parágrafo 2, pois o Siniukháiev de antes fora "declarado morto", e que o tenente tirasse seu uniforme, que parecia ao auditor ainda em bom estado, e vestisse o outro, que não estava em condições de uso.

O tenente Siniukháiev pôs-se a despir o uniforme e o auditor ajudou-o, explicando que o ex-Siniukháiev podia fazê-lo "não propriamente como convinha".

Depois, o ex-Siniukháiev vestiu o uniforme que não estava em condições de uso e ficou ali parado, com receio de que o auditor fosse lhe tirar também as luvas. Ele usava as luvas do uniforme, compridas e amarelas, com dedos facetados. "Perder as luvas, perder a honra", ouvira dizer. As luvas fazem o tenente, quem quer que ele seja, são as luvas que o fazem. Por isso, depois de enfiar as luvas, o ex-Siniukháiev deu meia-volta e retirou-se.

Passou a noite inteira a vagar pelas ruas de São Petersburgo, sem tentar ir a lugar nenhum. Ao amanhecer, sentiu-se cansado e sentou-se no chão perto de uma casa qualquer. Cochilou por alguns minutos, depois, subitamente, ergueu-se de um salto e recomeçou a andar, sem olhar para os lados.

Dali a pouco, ultrapassou os limites da cidade. O sonolento escrivão da barreira anotou distraído seu sobrenome.

Ele nunca mais voltou ao quartel.

11.

O ajudante era um sujeito ladino e não contou sobre o tenente Quetange e sua sorte. Como todos, ele também tinha inimigos. Por isso, só disse que o tal homem que gritara "Socorro!" tinha sido encontrado.

Mas isso produziu um efeito estranho na ala feminina do palácio.

Ao palácio, construído por Cameron, com suas colunas superiores afiladas como dedos que martelam as teclas de um cravo, tinham sido acrescidas, na parte dianteira, duas alas, arredondadas como patas felinas quando o gato brinca com um ratinho. Numa das alas, *Fräulein*[13] Nelídova reinava com sua donzelice e toda a criadagem.

Pável Petróvitch passava direto pela guarda com ar de culpa, dirigia-se frequentemente a essa ala, e uma vez as sentinelas viram o Imperador fugir correndo de lá, a peruca caída para um lado, e um sapato feminino voar no encalço de sua cabeça. Embora Nelídova fosse apenas uma *Fräulein*, ela também tinha suas próprias *Fräuleins*.

E assim, quando chegou à ala feminina a notícia de que tinha sido encontrado quem gritara "Socorro!", uma das *Fräuleins* de *Fräulein* Nelídova foi acometida de um breve desmaio.

---

[13] Em alemão russificado no original. No Império Russo, designava o posto de dama de companhia, geralmente vindas de famílias nobres. (N. da T.)

O tenente Quetange

Como a Nelídova, ela também era encaracolada e esbelta feito uma pastorinha.

Nos tempos da avó Elizavieta,[14] os brocados das *Fräuleins* estrepitavam, as sedas farfalhavam, e os mamilos desimpedidos mostravam-se em sobressalto. Era essa a moda.

As amazonas, que apreciavam o traje masculino, as caudas de veludo marinho e as estrelas nos mamilos tinham desaparecido junto com a usurpadora do trono.

Agora as mulheres tinham-se tornado pastorinhas de cabeça encaracolada.

Pois então, uma delas tivera um breve desmaio.

Depois de levantada do chão por sua protetora e tendo voltado a si, ela contou: tivera naquele exato instante um encontro amoroso marcado com um oficial. Entretanto, não podia ausentar-se do andar superior e, de repente, ao olhar pela janela, avistara o excitado oficial que, esquecido da vigilância, ou quem sabe sem tomar conhecimento dela, estava a fazer-lhe sinais bem debaixo da janela do Imperador.

Ela lhe acenara adeus, lançara olhares apavorados, mas o amante entendera com isso que lhe causava repulsa e, num lamento, gritara: "Socorro!".

Nesse mesmo instante, sem se perturbar, ela achatara o nariz com um dedo e apontara para baixo. Depois desse sinal de nariz arrebitado, o oficial ficara estupefato e sumira.

Nunca mais tornara a pôr os olhos nele, e pela rapidez do caso amoroso, ocorrido na véspera, nem mesmo o seu nome ela sabia.

Agora ele tinha sido descoberto e degredado para a Sibéria.

Nelídova ficou pensativa.

Sua estrela estava em declínio, e embora não quisesse admitir, seu sapato já não podia mais sair voando.

---

[14] Imperadora da Rússia entre 1741 e 1761. (N. da T.)

Ela andava fria com o ajudante, e não pretendia recorrer a ele. A atitude do Imperador era dúbia. Em ocasiões como essa, ela agora recorria a Iuri Aleksándrovitch Neledínski-Meliétski, um civil, mas muito poderoso.

E assim fez, mandando à casa dele o camareiro com um bilhete. O vigoroso camareiro, que não entregava esses bilhetes pela primeira vez, sempre se admirava da mesquinhez do poderoso homem. Meliétski era cantor e secretário de Estado. Era cantor de "O célere regato" e lascivo em relação às pastorinhas. Franzino na aparência, tinha uma boca voluptuosa e sobrancelhas hirsutas. Mas, apesar disso, era um tremendo espertalhão e, erguendo os olhos para o espadaúdo camareiro, disse:

— Diga que não há motivo para preocupações. Não perdem por esperar. Tudo será resolvido.

Porém, sem fazer a menor ideia de como tudo aquilo ia se resolver, ele mesmo tinha lá os seus temores, e quando assomou à porta uma de suas jovens pastoras, uma que antes se chamava Avdótia e agora Selimene, o dito-cujo franziu as sobrancelhas com ar feroz.

A criadagem de Iuri Aleksándrovitch era constituída em sua maior parte de jovens pastorinhas.

12.

Os guardas andavam que andavam.

De uma barreira a outra, de um posto a um fortim, eles seguiam adiante, lançando olhares precavidos para o importante espaço que seguia entre eles.

Não era a primeira vez que lhes acontecia de escoltar um degredado à Sibéria, mas nunca lhes coubera conduzir um condenado daqueles. Quando ultrapassaram os confins da cidade, foram assaltados pela dúvida. Não se ouvia o som de correntes, nem era preciso apressar ninguém a coronhadas. Mas depois concluíram que se tratava de um assunto de Estado, e o mandato estava ali com eles. Ambos mal conversavam, pois o regulamento proibia.

No primeiro posto, o encarregado olhou para eles como se fossem loucos, e eles ficaram embaraçados. Mas o mais velho exibiu o papel em que estava escrito que o detento era secreto e não podia aparecer, e o encarregado aviou-se e levou-os para pernoitar num quarto especial com três estrados. Ele evitou conversas e fez tantos rodeios que, sem querer, os guardas acabaram se compenetrando de sua importância.

Ao segundo posto — maior que o anterior — eles chegaram já confiantes, de cara fechada, e o mais velho simplesmente atirou o papel em cima da mesa do comandante, que usou dos mesmos rodeios e dos mesmos cuidados que o primeiro.

Aos poucos começaram a entender que estavam escoltando um criminoso importante. Acostumaram-se e entre si referiam-se expressamente a "ele" ou ao "tal".

Assim eles penetraram no coração do Império Russo, pelo já pisado e repisado Caminho de Vladímir.

E o espaço vazio que seguia pacientemente entre eles ia mudando: ora era o vento, ora a poeira, ora o calor do verão tardio que caía de cansaço.

13.

Enquanto isso, seguindo pelo mesmo Caminho de Vladímir, de barreira em barreira, de fortim em fortim, uma ordem urgente tentava alcançá-los.

Iuri Aleksándrovitch Neledínski-Meliétski tinha dito para esperar, e nisso tinha razão.

Porque o supremo pavor de Pável Petróvitch, devagar mas para valer, ia se transformando em pena de si mesmo, em enternecimento.

O Imperador havia dado as costas para as moitas em forma de animais do jardim e, depois de dar uma volta pelo deserto, dirigia-se ao senso de graciosidade de Cameron.

Tinha reduzido a pó de traque os governadores e os generais da mãe, confinara-os em suas propriedades, onde viviam encafuados. Fora obrigado a proceder assim. E daí? Ao seu redor havia se criado um grande vazio.

Tinha mandado pendurar uma caixa para cartas e reclamações na frente do palácio, pois afinal o pai da pátria era ele e ninguém mais. A princípio, a caixa permanecia vazia e isso o afligia, porque a pátria devia conversar com o pai. Mais tarde, foi encontrada na caixa uma carta anônima, na qual era chamado de paizinho do nariz arrebitado e faziam ameaças.

Olhou-se então num espelho.

— Arrebitado, sim senhor, perfeitamente arrebitado — rouquejou e ordenou que a caixa fosse retirada.

Empreendera uma viagem por essa estranha pátria. Despachou para a Sibéria um governador que se atrevera a construir pontes novas em sua província, para ele passar. Aquela não era uma viagem à moda da mãe: tudo devia ter a aparência que tinha, sem embelezamentos.[15] Mas a pátria permanecia calada. No Volga, fora rodeado pelos mujiques. Mandou um rapaz tirar água do meio do rio, para beber água limpa.

Bebeu a água e disse aos mujiques com a voz roufenha:

— Estou bebendo a água de vocês. Estão olhando o quê?

E à sua volta fez-se um vazio.

Não seguira viagem e, no lugar da caixa, mandara colocar vigorosas sentinelas em cada posto avançado, mas não sabia se lhe eram fiéis, e nem sabia de quem devia ter medo. À sua volta havia traição e vazio.

Descobriu o segredo para erradicá-los: decretou fidelidade e submissão absoluta. As chancelarias entraram em ação. Calcularam que ele ia assumir apenas o poder executivo. Mas, de um modo ou de outro, o poder executivo acabava por confundir todas as chancelarias, e o resultado era a traição sub-reptícia, o vazio e a submissão interesseira. Ele se imaginava um nadador à deriva, erguendo as mãos vazias em meio a ondas rutilantes — até já tinha visto uma gravura dessas.

E no entanto, o único soberano legítimo, depois de longos anos, era ele.

Era perseguido pelo desejo de apoiar-se no pai, ainda que este estivesse morto. Mandara exumar da tumba o idiota alemão assassinado a garfadas, que era considerado seu pai, e colocar seu ataúde ao lado do ataúde da usurpadora

---

[15] Alusão aos vilarejos que o marechal Potiómkin mandou construir ao longo da rota de Catarina II, durante a viagem desta pelo recém-conquistado território da Crimeia. Esses vilarejos, que não passavam de fachadas que podiam ser desmontadas durante a noite e transportados até a parada seguinte, deram origem à expressão "vilarejos de Potiómkin", usada até hoje entre os russos. (N. da T.)

O tenente Quetange

do trono. Mas isso tinha sido feito mais para se vingar da finada mãe, durante cuja vida ele vivera como alguém sob a constante ameaça de uma sentença de morte.

Além disso, quem garantia que ela era mesmo sua mãe? Sabia vagamente de algo relativo ao escândalo de seu nascimento. Ele era um homem sem família, que não tinha pai, não tinha mãe, nem mesmo falecidos.

Nunca pensava em nada disso e teria ordenado dar um tiro de canhão em quem suspeitasse que ele podia ter tais pensamentos.

Mas nessas horas, agradavam-lhe até mesmo as pequenas travessuras e as casinhas chinesas de seu Trianon. Tornava-se então amigo sincero da natureza e desejava ser amado por todos, ou por um que fosse.

Isso acontecia na forma de um acesso, e daí a grosseria passava por sinceridade, a estupidez por singeleza, a esperteza por bondade, e o ordenança turco que lhe engraxava as botas recebia o título de conde.[16]

Iuri Aleksándrovitch sempre pressentia a mudança, com seu sexto sentido.

Ele esperou uma semana e então sentiu-lhe o cheiro.

Pisando ora num pé, ora noutro, a passos silenciosos mas alegres, ele rodeou o biombo de vidro e, de repente, com ares de candura, contou ao Imperador tudo o que sabia do tenente Quetange, omitindo, naturalmente, aquele detalhe do sinal do nariz arrebitado.

Nisso, o Imperador soltou uma gargalhada, num riso rouco e entrecortado, tão canino que parecia estar latindo, como se quisesse intimidar alguém.

---

[16] Alusão a Ivan Kutaissov (1759-1834), que foi trazido para a Rússia quando menino, durante a Guerra Russo-Turca, e durante toda a sua vida serviu ao herdeiro do trono, Paulo I, que fê-lo conde em 1799, o que irritou as famílias da antiga nobreza. (N. da T.)

Iuri Aleksándrovitch sentiu-se alarmado.

Pretendia prestar um favor à Nelídova, de quem era amigo chegado e, de quebra, dar mostras de sua importância, pois, segundo um provérbio alemão em voga na época, *umsonst ist der Tod*[17] — de graça, só a morte. Mas uma gargalhada como aquela podia remeter Iuri Aleksándrovitch imediatamente para o segundo plano, ou até mesmo ser instrumento de sua ruína.

Talvez fosse riso de sarcasmo?

Mas não, o Imperador ria a bandeiras despregadas. Ele estendeu o braço para que lhe dessem a pena, e Iuri Aleksándrovitch, erguendo-se na ponta dos pés e seguindo a mão imperial, leu:

O tenente Quetange, enviado à Sibéria, deve retornar, ser promovido e casar-se com a tal *Fräulein*.

Depois de escrever isso, o Imperador deu uma volta pelo quarto, todo inspirado.

Bateu palmas, cantarolou sua canção favorita e pôs-se a assobiar:

Pinheiral, meu pinheiral,
bétulas do meu quintal...

E Iuri Aleksándrovitch, numa voz muito baixa e fina, secundou:

Larari, larará.

---

[17] Em alemão, no original. (N. da T.)

14.

A um cão ferido apetece ir para o campo e ali curar-se com ervas amargas.

O tenente Siniukháiev ia a pé de São Petersburgo a Gátchina. Ia à casa do pai, não para pedir ajuda, mas movido pelo desejo de verificar se existia ou não existia um pai em Gátchina. Ao cumprimento paterno ele nada respondeu, olhou à sua volta e preparou-se para bater em retirada, como alguém cheio de escrúpulos e cerimônias.

Mas o médico, vendo os estragos em seu uniforme, fez com que se sentasse e começou a sondá-lo:

— Você perdeu no jogo ou cometeu algum desatino?

— Eu não estou vivo — disse de supetão o tenente.

O médico tomou-lhe o pulso, disse algo a respeito de sanguessugas e continuou a sondá-lo.

Quando soube do incidente com o filho, ele se alvoroçou, passou uma boa hora a escrever e reescrever uma petição, forçou o filho a assiná-la, e foi ter no dia seguinte com o barão Araktchéiev, para entregá-la junto com o boletim diário. Entretanto, teve escrúpulos de manter o filho em sua própria casa, internou-o no hospital e escreveu na tabuleta acima da cama:

Mors occasionalis
Morte acidental

15.

A ideia do Estado perseguia o barão Araktchéiev. Por isso seu caráter era difícil de ser definido, ele era escorregadio. O barão não guardava rancor, às vezes chegava a ser generoso. Chorava feito criança diante do relato de qualquer história triste, e dava um copeque à menina do jardim, sempre que passeava por lá. Depois, se via que as sendas do jardim não tinham sido bem varridas, mandava açoitar a menina. No final da execução esticava-lhe uma moeda de cinco. Na presença do Imperador ele era assaltado por um desfalecimento semelhante ao amor. Amava a limpeza, ela era o emblema de seu caráter. Mas ficava satisfeito justamente quando descobria falhas na limpeza e na ordem, e se elas não se faziam notar, ficava profundamente amargurado. Em vez da carne fresca e ainda quente, comia sempre da salgada.

Era distraído como um filósofo. E era verdade que os sábios alemães achavam seus olhos parecidos com os de Kant, um filósofo famoso na Alemanha de então: eram líquidos, de cor indefinida e encobertos por um véu translúcido. Mas o barão ofendia-se quando lhe falavam dessa semelhança.

Ele não só era avarento, como também gostava de brilhar e de mostrar tudo em sua melhor aparência. Para tanto, descia aos mínimos detalhes domésticos. Debruçava-se sobre os projetos das capelas, das condecorações, dos ícones e da mesa de refeições. Arrebatavam-no os círculos, as elipses, as linhas que, entrelaçando-se como as três tiras de couro de um chicote, assumiam uma forma capaz de ludibriar os olhos. E ele gostava de ludibriar suas visitas ou até mesmo o Imperador, e fingia não ver quando alguém achava um jeito de ludibriá-lo. Naturalmente, isso não era nada fácil.

Ele possuía uma lista pormenorizada dos pertences de todo o seu pessoal, desde o camareiro até o ajudante de cozinha, e controlava todos os inventários do hospital.

Quando foi construído o hospital em que o pai do tenente Siniukháiev trabalhava, o próprio barão mostrou como dispor os leitos, para onde iam os bancos, onde deviam ficar as mesas dos médicos e até mesmo que tipo de pena devia ser usado, a saber, a pena nua, sem penugem, do tipo do *calamus*[18] romano, de bambu. Para cada pena que não estivesse sem penugem e com a ponta perfeitamente afiada, o assistente do médico recebia cinco vergastadas.

A ideia do Estado romano perseguia o barão Araktchéiev.

Por isso, ouviu distraído o doutor Siniukháiev, e só quando este lhe estendeu a petição ele a leu atentamente e repreendeu o médico porque o papel fora assinado de forma ilegível.

O médico desculpou-se dizendo que a mão do filho tremia.

— Aha, meu caro, está vendo — respondeu o barão com satisfação —, até a mão tremia.

Depois, olhando para o médico, perguntou-lhe:

— E quando se deu a morte?

— No dia 15 de junho — respondeu o médico, com certa perplexidade.

— 15 de junho — esticou o barão, ponderando —, 15 de junho... E hoje já é 17 — disse de supetão na cara do médico. — E onde esteve o morto nesses dois dias?

[18] Cálamo, em latim no original. (N. da T.)

Iuri Tyniánov

Rindo da cara do médico, perscrutou com azedume a petição e disse:

— Veja lá quantas negligências! Agora vá, meu amigo, pode ir.

16.

O cantor e secretário de Estado Meliétski fazia as coisas para valer, ele arriscava e muitas vezes ganhava, porque pintava tudo com cores suaves, dignas do pincel de um Cameron, mas os ganhos alternavam-se às perdas, como no jogo da quadrilha.

Já o barão Araktchéiev era de outro feitio. Ele não arriscava nem endossava coisa alguma. Pelo contrário, nos relatórios que fazia ao Imperador ele apontava os abusos, isso sim, e solicitava instruções para acabar com eles. Mas o desfavor ao qual Meliétski se arriscava, o barão o fez recair sobre si próprio. Em compensação, os possíveis ganhos que se vislumbravam à distância eram grandes, como no jogo do faraó.

Ele informou secamente ao Imperador que o falecido tenente Siniukháiev encontrava-se em Gátchina, internado no hospital. Dizia-se vivo e requeria ser reintegrado às fileiras. Isso posto, queria saber como encaminhar a questão e quais as disposições a serem tomadas. Com esse papel, o barão queria dar provas de obediência, como um guardião zeloso que tudo pergunta ao patrão.

A resposta veio rápido, tanto ao pedido como ao barão Araktchéiev, em particular.

Quanto ao pedido, a resolução era a seguinte:

Que o falecido tenente Siniukháiev, excluído das listas por morte, seja dispensado por este mesmo motivo.

Ao barão Araktchéiev era enviada a seguinte nota:

Senhor barão Araktchéiev,
Surpreende-me que, ocupando o grau de general, não conheçais o regulamento, tendo enviado diretamente a mim o pedido do falecido tenente Siniukháiev — que inclusive nem de vosso regimento é —, que deveria ter sido enviado inicialmente à Chancelaria do Regimento desse mesmo tenente, e sem me dar trabalho com esse tipo de requerimento.
Sem mais, continuo benevolente,

Pável

Não estava escrito "sempre benevolente".
Araktchéiev chorou. Tinha horror que o chamassem à atenção. Foi pessoalmente ao hospital e ordenou que fosse imediatamente expulso o falecido tenente, levando consigo apenas uma muda de roupa. Quanto ao uniforme de oficial, que constava do inventário, que ficasse retido.

O tenente Quetange

17.

Quando o tenente Quetange voltou da Sibéria, já era conhecido de muitos. Era aquele mesmo tenente que gritara "Socorro!" sob a janela do Imperador, fora castigado e enviado à Sibéria e depois agraciado e promovido. Esses eram os contornos de sua vida, perfeitamente definidos.

O comandante não sentia mais nenhum constrangimento em relação a ele e simplesmente o escalava ora para a guarda, ora para o plantão. Quando o regimento se perfilava no campo para as manobras, o tenente o acompanhava. Era um oficial correto, nada se podia dizer que desabonasse sua conduta.

A *Fräulein* a cujo desmaio devia sua vida alegrou-se a princípio, esperando que a reunissem a seu efêmero amor. Colou uma pinta no rosto e apertou no corpete os lacinhos inconvenientes, que não queriam se juntar. Depois, na igreja, deu-se conta de que estava sozinha e que sobre o espaço vazio a seu lado o ajudante mantinha suspensa a coroa nupcial. Já ia desmaiar de novo, mas como mantivesse os olhos baixos, esses caíram-lhe sobre as suas formas e ela pensou melhor. O ritual misterioso, do qual o marido estava ausente, agradou a muitos.

De fato, depois de algum tempo o tenente Quetange tornou-se pai de um menino, muito parecido com ele, disseram.

O Imperador esqueceu-se dele. Tinha muito com que se ocupar.

A esperta Nelídova foi dispensada e seu lugar foi ocupado pela rechonchuda Gagárina. Cameron, as casinhas suíças e todo o palácio Pávlovsk foi esquecido. A tosca e marcial São Petersburgo estendia-se, em sua regularidade de alvenaria. Suvórov,[19] que o Imperador não amava, mas suportava por ter ele brigado em outros tempos com o finado Potiómkin, fora incomodado em seu retiro campestre. O Imperador tinha planos: aproximava-se o momento de uma campanha militar. Na verdade, planos havia muitos, uns chegavam a se chocar com os outros. Pável Petróvitch alargava-se em diâmetro e encurtava-se cada vez mais. Seu rosto tornara-se cor de tijolo. Suvórov tornou a cair em desgraça. O Imperador ria cada vez menos.

Vasculhando nas listas dos regimentos, deparou ele um dia com o nome do tenente Quetange e promoveu-o a capitão e, de outra feita, passou-o a coronel. O tenente era um oficial exemplar. Depois o Imperador voltou a esquecê-lo.

A vida do coronel Quetange passava despercebida e todos já estavam acostumados com isso. Em casa ele tinha seu gabinete, no quartel, seu aposento, para onde levavam às vezes ordens e informes, sem se admirar demais com a ausência do coronel.

Já havia um regimento sob o seu comando.

Melhor do que todos sentia-se a dama da corte, em sua cama matrimonial. O marido avançava na carreira, a cama era cômoda e o filho ia crescendo. Vez ou outra, o lugar do consorte era aquecido por algum tenente ou capitão, ou até mesmo por alguém à paisana. Isso, entretanto, acontecia em muitas camas de coronéis de São Petersburgo, cujos titulares se encontravam em campanha.

Certa vez, quando um amante exausto dormia, aconteceu-lhe ouvir um rangido no quarto ao lado. O rangido repetiu-se. Devia ser, certamente, o soalho ressequido. Mas ela

---

[19] Aleksandr Suvórov (1729-1730), generalíssimo russo considerado um dos maiores comandantes militares da história. (N. da T.)

acordou precipitadamente o adormecido, empurrou-o e atirou-lhe a roupa à porta. Caindo em si, riu-se.

Mas isso também ocorria em muitas outras casas de coronéis.

18.

Os mujiques cheiravam a vento, as camponesas, a fumaça.

O tenente Siniukháiev nunca fitava ninguém no rosto e distinguia as pessoas pelo cheiro.

Era pelo cheiro que ele escolhia os lugares de repouso, à noite. Preferia dormir sob as árvores, pois lá a chuva molha menos.

E andava sem que nada o detivesse.

Atravessava os povoados finlandeses como um seixo atirado pela criançada num riozinho raso: sem quase tocar a água. De vez em quando, uma camponesa daquelas terras dava-lhe leite. Bebia-o em pé e seguia adiante. As crianças calavam-se e brilhavam de mucos esbranquiçados. A aldeia fechava-se atrás dele.

Seu andar mudara um pouco. De tanto marchar ele se desconjuntara, mas esse seu andar frouxo, descolado, quase de brinquedo, tinha sempre algo de oficial, de militar.

Não se orientava quanto à direção a tomar. Mas era fácil saber que direções eram essas. Desviando-se, ziguezagueando como os relâmpagos nos quadros que representam o dilúvio universal, ele dava voltas e esses círculos iam-se estreitando devagar.

Assim passou um ano, até que o círculo se fechou num ponto e ele entrou em São Petersburgo. Após ter entrado, fez a volta da cidade, de ponta a ponta.

Depois começou a girar pela cidade e durante semanas acontecia de ficar repetindo sempre o mesmo círculo.

O tenente Quetange

Ele ia depressa, com aquele seu andar militar desconjuntado, em que parecia que as pernas e os braços se erguiam voluntariamente do chão.

Os vendeiros das lojas detestavam-no.

Quando lhe acontecia passar pelo Mercado Grande, gritavam-lhe pelas costas:

— Passe ontem!

— Avance pra trás.

Diziam que ele dava azar e as mulheres que vendiam pão nas ruas, de comum acordo para afastar seu mau-olhado, davam-lhe pão.

As crianças, que em todas as épocas sempre descobrem os pontos fracos de qualquer um, corriam atrás dele e gritavam:

— Enforcado!

19.

Em São Petersburgo, as sentinelas do castelo de Pável Petróvitch anunciavam em voz alta:

— O Imperador está dormindo.

O grito era repetido pelos alabardeiros nos cruzamentos:

— O Imperador está dormindo.

E a esse grito, como se fosse o vento, uma após a outra cerravam-se as lojas e os transeuntes fechavam-se em casa. Era o sinal da chegada da noite.

Na praça Isaákevski, multidões de mujiques, em trapos de pano grosso, que tinham vindo a chicotadas da aldeia para o trabalho, apagavam as fogueiras e se deitavam ali mesmo, no chão, cobrindo-se com farrapos.

Os próprios guardas com as alabardas que haviam gritado "O Imperador está dormindo" adormeciam também. Só na fortaleza de Pedro e Paulo a sentinela andava como um relógio. Num botequim da periferia estava sentado um valentão, com as calças presas por um cinto de casca de tília, e bebia a vodca em parceria com um cocheiro.

— Está chegando o fim do paizinho de nariz arrebitado — disse o cocheiro —, eu trouxe uns senhores muito importantes...

A ponte levadiça do castelo estava erguida e Pável Petróvitch olhava pela janela.

Por enquanto ainda estava seguro em sua ilha.

Na corte, porém, havia uns olhares e uns cochichos que ele compreendia, e nas ruas as pessoas que o viam prostravam-se de joelhos diante de seu cavalo com uma expressão estranha. Isso fora ordenado por ele, mas agora as pessoas caíam na lama de modo diferente. Caíam com demasiado ímpeto. O cavalo era alto e ele balançava na sela. Reinara rápido demais. O castelo não era suficientemente seguro. Era necessário escolher um aposento menor. Pável Petróvitch não podia fazer isso agora — seria visto imediatamente por todos. "Deveria me esconder na tabaqueira", pensou o Imperador, cheirando o rapé. Não acendeu velas. Não devia deixar rastros. Permaneceu no escuro, só com a roupa de baixo. Foi até a janela e começou a conferir as pessoas com sua lista particular. Efetuou mudanças, apagava da memória Bennigsen e introduzia Olsúfiev.

A lista não batia.

— Aqui em minha lista não está...

— Araktchéiev é um idiota — disse em voz baixa.

— ... a *vague incertitude*,[20] com que ele tenta agradar... Na ponte levadiça mal se via a sentinela.

— É preciso... — disse, como de hábito, Pável Petróvitch.

Tamborilou com os dedos na tabaqueira.

— É preciso... — tentou lembrar, tamborilou de novo e de repente parou.

Tudo o que era preciso já tinha sido feito havia muito e estava se mostrando insuficiente.

— É preciso prender Aleksandr Pávlovitch[21] — ele apressou-se e sacudiu a mão. — É preciso...

O que mais era preciso mesmo?

Deitou-se e rápido, como sempre fazia, meteu-se debaixo do cobertor.

Dormiu um sono profundo.

[20] "... a vaga incerteza", em francês no original. (N. da T.)

[21] O futuro Imperador Alexandre I (1777-1825), filho e herdeiro de Pável Petróvitch. (N. da T.)

Às sete horas da manhã, de repente, acordou num sobressalto e lembrou-se: era preciso cercar-se de gente modesta e simples, que lhe fosse completamente fiel, e acabar com todos os outros.

E adormeceu novamente.

20.

De manhã, Pável Petróvitch correu os olhos pelas Ordens do Dia. O coronel Quetange foi imediatamente promovido a general. Era um coronel que não pedia terras, não vivia atrás de favores, sufocando as pessoas, não adulava nem lisonjeava ninguém. Cumpria sua obrigação sem queixas e sem estardalhaço.

Pável Petróvitch exigiu que lhe trouxessem a sua folha de serviço. Deteve-se diante do papel, no qual constava que o coronel, quando tenente, havia sido enviado à Sibéria devido a um grito de socorro debaixo da janela do Imperador. Lembrou-se nebulosamente do assunto, e sorriu. Tratava-se de algum ligeiro caso de amor.

Houvesse agora um homem a gritar-lhe "Socorro!" debaixo da janela, no momento devido! Agraciou o general Quetange com uma propriedade rural de mil almas.[22]

À tarde daquele dia o nome do general Quetange veio à tona. Estava na boca de todos.

Alguém escutara o Imperador dizer ao conde Pahlen, com um sorriso que fazia tempo não se via:

— Parem de cansá-lo com o comando da divisão. Eu preciso dele para coisas bem mais importantes!

Ninguém, exceto Bennigsen, queria reconhecer que nunca ouvira falar do general. Pahlen franzia o cenho.

[22] Servos da gleba. (N. da T.)

O camareiro-mor Aleksandr Lvóvitch Naríchkin, de repente, lembrou-se:

— Sim, sim, o coronel Quetange... Estou lembrado. Aquele que arrastava a asa para a Sandunova...

— Nas manobras em Krásnoie...

— Lembro-me, é parente de Olsúfiev, Fiódor Iákovlevitch...

— Nada disso. Ele não é parente de Olsúfiev, o conde. O coronel Quetange é de origem francesa. O pai dele foi decapitado em Toulon, pela populaça.

21.

Os acontecimentos sucederam-se com rapidez. O general Quetange foi chamado à presença do Imperador. Nesse mesmo dia fizeram chegar ao Imperador a informação de que o general estava gravemente enfermo.

Ele pigarreou irritado e torceu um botão de Pahlen, que trouxera a notícia.

Ele crocitou:

— Internem o homem no hospital, que seja tratado. E se não o curarem, senhor...

O camareiro-mor do Imperador ia duas vezes por dia saber da saúde do enfermo.

Na grande enfermaria, a portas fortemente fechadas, os médicos não sabiam o que fazer, tremiam como os doentes.

No entardecer do terceiro dia, o general Quetange faleceu.

Pável Petróvitch já não estava furioso. Olhou para todos com um olhar carregado e retirou-se para seus aposentos.

22.

Os funerais do general Quetange não foram esquecidos tão cedo por São Petersburgo, e alguns memorialistas guardaram seus pormenores.

O regimento marchou com as bandeiras enroladas. Trinta carruagens da corte, cheias e vazias, seguiam balançando atrás dele. Era esse o desejo do Imperador. As condecorações foram levadas em almofadas.

Atrás do ataúde negro e pesado seguia a viúva, conduzindo o filho pela mão.

Ela também chorava.

Quando o cortejo passava perto do castelo de Pável Petróvitch, ele, vagarosamente, veio até a ponte para vê-lo e levantou a espada desembainhada:

— Morrem-me os melhores homens.

Depois que as carruagens da corte desfilaram diante dele, disse em latim, acompanhando-as com o olhar:

— *Sic transit gloria mundi.*[23]

---

[23] "Assim perece a glória do mundo", em latim no original. (N. da T.)

23.

Assim foi sepultado o general Quetange, tendo cumprido tudo o que podia ser realizado numa vida: juventude e aventura amorosa, castigo e degredo, anos de serviço, família, súbito favor do Imperador e inveja dos cortesãos.

Seu nome consta da *Necrópole de São Petersburgo* e alguns historiadores aludem a ele de passagem.

Na *Necrópole de São Petersburgo* não se encontra o nome do finado tenente Siniukháiev.

Ele desapareceu sem deixar rastros, reduziu-se a pó, foi podado, como se nunca tivesse existido.

E Pável Petróvitch morreu em março do mesmo ano que o general Quetange, vítima de apoplexia, segundo o boletim oficial.

POSFÁCIO

Veniamin Kaviérin[1]

"O DETENTO ERA SECRETO E NÃO PODIA APARECER"

Entre as narrativas históricas de Iuri Tyniánov, o conto *O tenente Quetange* deve figurar em primeiro lugar.

"Numa das Ordens do Dia do departamento militar, o escrivão, ao transcrever a frase 'a nomeação para segundo-tenente tange', passou a palavra 'tange' para a linha de baixo, grafando-a por isso com T maiúsculo. Quando repassou com pressa a Ordem do Dia, o Soberano tomou essa palavra por um dos nomes próprios que a sucediam, escrevendo então: 'nomeados segundos-tenentes: Tange...'. No dia seguinte, promoveu Tange a primeiro-tenente; no terceiro dia, a capitão. E antes que alguém pudesse cair em si e entender o que estava acontecendo, o Soberano havia promovido Tange a coronel, deixando uma rubrica: 'Apresentar-se a mim dire-

---

[1] Este posfácio reúne dois escritos de Veniamin Aleksándrovitch Kaviérin (1902-1989), romancista ligado ao grupo Irmãos Serapião e principal divulgador da obra de Tyniánov na década de 1960. A primeira seção, "O detento era secreto e não podia aparecer", traz integralmente o texto publicado em 1965. A segunda, "Professor T.", é formada por trechos das memórias pessoais do autor sobre Tyniánov, publicadas em 1982. A tradução é de Danilo Hora. (N. do T.)

tamente'. Conta-se que depois disso todos saíram a procurar: 'Onde estará esse Tange?'. O informe que relatava não haver nenhum Tange no regimento correspondente alarmou as autoridades. Foi só depois de decifrarem a primeira Ordem do Dia, que promovia Tange a primeiro-tenente, que chegaram à raiz do problema. O Soberano, enquanto isso, perguntava se o coronel Tange já havia se apresentado, querendo promovê-lo a general. Disseram-lhe então que Tange havia morrido.

— Pena — disse o Imperador Paulo —, era um bom oficial."[2]

Quando da publicação de seu conto numa revista, Tyniánov citou outras fontes, em especial uma "anedota de duas linhas" recontada por Vladímir Dahl a um memorialista. Nessa anedota, o tenente se chamava "Quetange".

Para escrever um conto a partir de tal anedota, é preciso ter não só talento, mas também a rara capacidade de transformar conhecimento em compreensão. Dezenas e centenas de pessoas leram o livro citado na nota (talvez verdadeiro, porém fictício em seus pormenores), mas só uma foi capaz de enxergar, para além da anedota, os traços excepcionais que caracterizavam o reinado de Paulo I. O olho experiente soube apreciar a anedota como um achado, e a imaginação transformou-a numa obra de arte de primeira classe.

Num esboço de autobiografia, preservado no meu arquivo, Tyniánov escreveu: "Depois do romance sobre Griboiédov [*A morte de Vazir-Mukhtar*], escrevi alguns contos. Para mim, eram contos no sentido literal: coisas que contamos apenas por ser algo que entretém, e que por vezes faz rir.

---

[2] *Paulo I: uma coleção de anedotas, comentários, caracterizações, decretos, etc.*, compilada por *Aleksandr Gueno e Tomitch*, São Petersburgo, 1901, pp. 174-5. (N. do A.)

Posfácio

Na época eu trabalhava com cinema, e era assim que nasciam todos os filmes, assim encontrávamos os detalhes".

É incontestável a ligação entre O tenente Quetange e o cinema. Não é de admirar que o conto tenha ganhado a tela,[3] e que o seu destino, nesse quesito, seja único. Serguei Prokófiev compôs a música para o filme, e quando este saiu de cartaz, o grande compositor transformou a peça numa suíte. Depois, com base nessa suíte, foi criado um balé, encenado com sucesso no Teatro Bolchói.

Mas caso O tenente Quetange tivesse permanecido nos limites da prosa, ainda assim teria seu lugar entre as obras-primas do gênero da narrativa histórica.

Dentre a enxurrada de grandes e pequenos acontecimentos que constituem a vida de um imenso país, Tyniánov escolheu o mais insignificante: o erro de um escrivão, com pressa de "terminar de transcrever a Ordem do Dia do regimento". O incidente, à primeira vista imperceptível e isolado, revelará uma forte ligação com eventos cada vez maiores: do erro do escrivão surge um nome, e, do nome, uma pessoa, cuja existência se deve ao medo geral, o que impede que o erro seja corrigido. O erro é esquecido, mas existe. É impossível reconhecê-lo.

Um oficial acorda o Imperador ao gritar "Socorro!" embaixo de sua janela. Não conseguem encontrar o culpado, e o astuto ajudante de ordens de Sua Majestade cita o nome do imaginário tenente Quetange. O tenente que "não podia aparecer" é punido e enviado à Sibéria, mas logo em seguida é perdoado e promovido, tornando-se depois capitão, coronel e general. Ele não vive apenas no papel ou no "discurso". A resolução do ajudante de ordens, "considerar como existente o tenente Quetange", não é uma frase vazia e despro-

---

[3] Porútchik Kijé (1934), com direção de Aleksandr Feinzimmer, roteiro de Iuri Tyniánov e música de Serguei Prokófiev. (N. do T.)

Veniamin Kaviérin

vida de significado. Na máquina estatal de Paulo I, basta um deslize da pena para que surja uma sombra, que ocupará um espaço cada vez maior nas mentes daqueles que obedecem aos rituais mortos sem sequer questionar, determinando assim seus próprios destinos.

O tema do duplo existe na literatura há centenas de anos. São inúmeras as suas variantes. Basta citar *William Wilson*, de Edgar Allan Poe, *A história maravilhosa de Peter Schlemihl*, de Chamisso, *A sombra*, de Hans Christian Andersen, *O duplo*, de Dostoiévski, *O estranho caso do Dr. Jekyll e do Sr. Hyde*, de Stevenson, e *Sombra*, de Ievguêni Schwartz.

Em Chamisso, um jovem vende sua alma ao diabo em troca de uma "bolsa de Fortunato". O sábio de Andersen — homem bom e inteligente — está imerso em pobreza, dor e aflições, e a sombra que ele perdeu propõe devolver-lhe o bem-estar, contanto que ele se torne a sombra, e ela, o seu mestre.

Poe, Stevenson e Dostoiévski cindem seus personagens, mostrando assim toda a complexidade da natureza humana, que combina bondade e intolerância, coragem e covardia, vileza e dignidade. Essas obras estão ligadas a um processo de autoconhecimento, mas é seguro dizer que *O tenente Quetange* ocupa um lugar especial entre elas; neste conto, não é o homem que projeta a sombra, mas a sombra que cria um semblante de homem. Uma palavra surgida ao acaso condensa-se, materializa-se, passa a ter uma vida independente. Não existe relação complexa entre a sombra — a palavra — e o seu "mestre", como acontece na fábula de Andersen.

"Quando o tenente Quetange voltou da Sibéria, já era conhecido de muitos. Era aquele mesmo tenente que gritara 'Socorro!' sob a janela do Imperador, fora castigado e enviado à Sibéria e depois agraciado e promovido. Esses eram os contornos de sua vida, perfeitamente definidos. O comandante não sentia mais nenhum constrangimento em relação a ele e simplesmente o escalava ora para a guarda, ora para o plantão. Quando o regimento se perfilava no campo para as manobras, o tenente o acompanhava. Era um oficial correto, nada se podia dizer que desabonasse sua conduta."

Quando, na cerimônia matrimonial, a noiva do tenente verifica que não há ninguém a seu lado no altar e que o ajudante de ordens está segurando a coroa nupcial sobre um espaço vazio, ela não desmaia. Os laços de seu corpete se juntam com dificuldade, e "como mantivesse os olhos baixos, esses caíram-lhe sobre as suas formas e ela pensou melhor".
"Depois de algum tempo o tenente Quetange tornou-se pai de um menino, muito parecido com ele, disseram."
Enquanto isso, a carreira militar do oficial em serviço segue normalmente. Ele é promovido a capitão, depois a coronel e, finalmente, a general.

"A vida do coronel Quetange passava despercebida e todos já estavam acostumados com isso.
[...]
Já havia um regimento sob o seu comando.
Melhor do que todos sentia-se a dama da corte, em sua cama matrimonial. O marido avançava na carreira, a cama era cômoda e o filho ia crescendo. Vez ou outra, o lugar do consorte era aquecido por algum tenente ou capitão, ou até mesmo por alguém à paisana. Isso, entretanto, acontecia em muitas camas de coronéis de São Petersburgo, cujos titulares se encontravam em campanha."

Ao contar dessa "sombra de uma palavra", Tyniánov nada nos revela sobre a natureza do herói — não existe nem natureza, nem herói. A natureza do Estado, porém, nos é revelada com incrível fidelidade.

Nem Poe, nem Stevenson, nem Chamisso se encarregaram de semelhante tarefa. Já Tyniánov não só desvela e deslinda o Estado, mas retrata-o com profundidade psicológica. É justamente nessa chave que surgem figuras históricas como Paulo I, Araktchéiev e Neledínski-Meliétski.

"Certo oficial do regimento de dragões foi erroneamente excluído da lista de serviço por estar morto. Ao inteirar-se desse engano, o oficial procurou o chefe do regimento para fornecer provas de que estava vivo e não morto. Mas o chefe, por força da Ordem do Dia, não ousou afirmar que ele estava vivo e não morto. O oficial viu-se então numa situação terrível, despojado de todos os direitos e títulos e impossibilitado de proclamar-se vivo. Então ele peticionou à instância mais alta, e a isto seguiu-se a seguinte resolução: 'A petição do tenente excluído por morte, que solicita ser aceito no serviço por estar vivo e não morto, foi recusada por esse mesmo motivo'."[4]

Naquela mesma Ordem do Dia que deu vida ao tenente Quetange, o escrivão, confuso e atordoado pelo pavor, cometera ainda outro engano. Ele escreveu: "O tenente Siniukháiev, que morreu de febre, deixa de pertencer ao regimento". E visto que era impossível alterar ou cancelar a Ordem do Dia, ao ouvir essa frase o tenente Siniukháiev começou a duvidar da própria existência:

---

[4] Esta citação foi extraída da mesma fonte referida antes pelo autor, *Paulo I: uma coleção de anedotas...* (N. do T.)

Posfácio

"Estava acostumado a considerar as palavras da Ordem do Dia como palavras especiais, que não tinham nada a ver com as de um simples mortal. Elas não tinham sentido nem significado, mas vida e poder próprios. [...] Não pensou sequer uma vez que houvesse erros na Ordem do Dia. Pelo contrário, pareceu-lhe que o errado era ele, que estava vivo por engano. [...] Seja como for, ele arruinou todas as figuras da manobra, ali parado feito um poste na praça. Nem pensar em se mover ele pensou."

É verdade que, depois de se recobrar, ele tenta fazer o irrealizável: fingir que está vivo e não morto. Mas é impossível esconder a própria morte: seu alojamento é ocupado por um jovem "Auditor da Escola de Cadetes junto ao Senado", que, em resposta à objeção indecisa de Siniukháiev de que aquilo era "contra o regulamento", responde que, pelo contrário, está seguindo o regulamento à risca, pois o tenente fora "declarado morto". O pai de Siniukháiev, médico de um barão, tenta interceder pelo filho, mas seu pedido é negado. E, não ousando manter o falecido filho em casa, interna-o no hospital e manda escrever na tabuleta que fica sobre a sua cama: "*Mors occasionalis*. Morte acidental".

Não é possível corrigir o erro. O ex-tenente passa a vagar em círculos pela Rússia, sem deter-se em lugar algum, sem atentar-se à direção que toma. Depois de contornar o país, ele chega a Petersburgo. "Na *Necrópole de São Petersburgo* não se encontra o nome do finado tenente Siniukháiev. Ele desapareceu sem deixar rastros, reduziu-se a pó, foi podado, como se nunca tivesse existido."

O que atraiu a atenção de Tyniánov para essa anedota não foi sua capacidade de "entreter". Não foi o impulso paradoxalista de contrapor duas biografias — a de uma pessoa que emergiu da inexistência por terem-na registrada como viva, e outra, que morreu por terem-na declarado morta.

80   Veniamin Kaviérin

A equidistância geométrica com que se apresenta esse paralelo de modo algum conecta a vida imaginária de um à morte imaginária de outro. Aqui não há oposição, o que há é confirmação. A ligação interna, tácita, está, por assim dizer, fora da trama narrativa. Baseada na inerte regularidade da Ordem do Dia, essa ligação conduz ao conceito de "verdade imaginária", que abarca todo o Estado. E não é por acaso que o conto termina com as palavras: "E Pável Petróvitch morreu em março do mesmo ano que o general Quetange, vítima de apoplexia, segundo o boletim oficial".[5]

* * *

A penetração da literatura na vida nacional sempre foi sinal de um êxito genuíno e duradouro. Este êxito foi alcançado pelo conto *O tenente Quetange*, cuja imagem tornou-se símbolo de uma atitude fria, indiferente e oficialesca em relação à vida. Esse nome pode ser encontrado com frequência, e com um matiz satírico, em artigos de jornal que atacam a burocracia.[6]

Escrito com a concisão da prosa latina, reconhecido unanimemente como um dos fenômenos mais importantes da nossa literatura, esse conto foi traduzido para diversas línguas e ocupa um lugar de destaque na história universal da arte.

---

[5] O Imperador Paulo I foi assassinado por conspiradores do seu círculo interno numa tentativa de golpe de Estado. Consentiram ao golpe o conde von Pahlen, mencionado no conto de Tyniánov, e o príncipe herdeiro, Alexandre I. (N. do T.)

[6] De fato, em 2001 a linguista Natália Eskova fez um pequeno compêndio de aparições da expressão na imprensa russa, abrangendo o período de 1975 a 1999. Ver o artigo "Dve Zabarnye Melotchi" ("Duas trivialidades divertidas"), publicado na revista *Russkii Iazyk*, nº 5, sob o pseudônimo "N. Iiot". (N. do T.)

Posfácio

Professor T.

Num seminário que dei sobre o romance histórico, as principais linhas de disputa abordadas cruzam, em diferentes direções, a atividade de Iuri Tyniánov como teórico e romancista. Naqueles anos, a ciência andava lado a lado, e às vezes se entrelaçava, com a literatura. Muitos dos meus ouvintes, assim como eu, escreviam contos, peças e romances. A transição da ciência para a literatura, apesar de não ser simples, era algo possível e atraente, pois fora preparada pelo estudo teórico e pela educação em geral. Isso foi bem descrito por Lídia Guinzburg, aluna de Tyniánov, em suas recordações sobre ele:

> "Todos os estudantes da Faculdade de Literatura do Instituto de História da Arte escreviam poemas (alguns escreviam também prosa, mas isso era menos frequente). Parecia-nos algo natural, parecia-nos inclusive que um historiador da literatura que estudasse poesia precisava ter um entendimento prático de como a coisa era feita. Na época parecia-nos normal o caminho que vai da literatura (mesmo que de experimentos sem êxito) à história da literatura, ou, pelo contrário, da história da literatura à literatura... Entre os versos das canções que de tempos em tempos os estudantes compunham, havia os seguintes:

> *Em meio à névoa urbana*
> *Ele se enfia, o ventanista,*
> *O escritor que é palestrante,*
> *Professor T., o romancista.*"

Sobre o professor T., romancista, podemos afirmar que, a despeito de sua vida difícil, complicada por uma doença sem cura,[7] ele não perdeu tempo.

Era um homem manso, aquiescente, por vezes indeciso. Porém, a força de vontade do pesquisador, que busca seu objetivo com rigor e implacabilidade, sem deixar de atentar aos fatos mais ínfimos que possam ser úteis à sua causa, transparece em seus manuscritos, em sua caligrafia firme e de uma determinação impressionante.

* * *

Tyniánov era uma pessoa de excelente disposição, isto é, estava sempre disposto a ouvir, explicar, auxiliar — mas tinha um gênio de ferro para tudo o que estivesse relacionado à literatura. Sua natureza mansa, aquiescente e indecisa não se estendia aos assuntos literários. Nos círculos literários, sua opinião era incontestável, valia ouro. Quando foi criada a União dos Escritores e todos nós recebemos ingressos assinados por Górki, Tyniánov recebeu o ingresso número 1 — um fato insignificante, mas característico.

Na celebração do aniversário da morte de Lev Lunts, Tyniánov dedicou ao falecido amigo uma carta sobre a amizade e a literatura:

"... Você, com sua habilidade de compreender livros e pessoas, sabia que a cultura literária é leve, alegre, e não uma 'tradição', não uma convenção, mas um entendimento, a capacidade de realizar coisas que são necessárias e alegres. Isto porque você era um verdadeiro literato, você sabia muito, meu caro, meu alegre amigo, e sabia, em primeiro lugar, que os 'clássicos' são apenas livros com encaderna-

[7] Iuri Tyniánov sofria de esclerose múltipla desde a juventude. (N. do T.)

Posfácio

83

ções aparatosas em estantes especiais, e que nem sempre eles foram clássicos, e que essas estantes já existiam antes de eles existirem. Você conhecia o segredo da destruição de estantes e do rompimento de encadernações.

Essa era uma causa alegre, e a cada vez a cultura parecia tornar-se muito menos 'culta' do que um autodidata qualquer, menos tradicional e, sobretudo, muito mais alegre..."

* * *

Se eu fosse um historiador da literatura, certamente me dedicaria à relação entre Tyniánov e Maiakóvski, o qual, melhor do que ninguém, foi capaz de "destruir estantes e romper encadernações". Ao encontrar-se com ele após a publicação de *Kiúkhlia*, Maiakóvski lhe disse: "Muito bem, Tyniánov, conversemos de potência para potência". Tyniánov retratou Maiakóvski como um grande poeta que restaurou as imagens grandiosas, perdidas desde os tempos de Dierjávin, como um poeta que sentiu os "tremores subterrâneos da história, pois ele próprio era um desses tremores".

Isso não o impedia de fazer piadas com a "atmosfera produtivista" da *LEF*.[8] Nos papéis de Tyniánov preservou-se um "Sonho", uma charge afiada e ao mesmo tempo bonachona sobre as reuniões editoriais da *LEF*:

"Sonhei que trabalhava na *LEF*, e Vladímir Vladímirovitch Maiakóvski me perguntava com sua voz de baixo:

---

[8] A revista *LEF* (*Frente de Esquerda das Artes*) foi fundada em 1923 pelos cubofuturistas sob liderança de Maiakóvski, reunindo escritores, fotógrafos, desenhistas e críticos de vanguarda. Os temas centrais da *LEF* eram as formas e os temas da nova literatura soviética e a nova posição do artista como trabalhador a serviço do povo. (N. do T.)

— E você é aquele Tyniánov que escreve romances históricos?

— Sou... — eu respondia, amedrontado.

— E você é o quê, então, uma criança? Ou esqueceu que em 1924 o Tchuják[9] e eu anunciamos que isso não podia? — voltava a perguntar Vladímir Vladímirovitch, um tanto severo.

— Esqueci — eu respondia, com toda a inocência, ainda querendo ser elogiado.

Eu de fato tinha meio que esquecido aquilo do Tchuják.

— Zagóskin, Mordôvtsiev e Aleksei Tolstói já escreveram romances históricos — dizia Vladímir Vladímirovitch, mastigando um cigarro. — Nada de novo. Sente-se, beba chá.

Eu me sentava numa cadeira, mas Vladímir Vladímirovitch me puxava de leve:

— Não aí. Esse é o Brik.[10]

Juro que não tinha ninguém na cadeira.

'Ah, então esse é o Brik, é assim que ele é', eu pensava, estupefato. Isso sim é um móvel.

— Camaradas — dizia Vladímir Vladímirovitch —, faz tempo que estou ouvindo vocês. Agora a palavra é minha. Nada de literatura. De acordo?

— De acordo — disse uma moça jovem que tinha o cabelo cortado rente como o de um menino.

— Vocês devem ir aos jornais.

---

[9] O militante bolchevique Nikolai Tchuják (1876-1937), proponente da "fatografia", ou "literatura do fato". Por discordâncias teóricas, Tchuják deixou o editorial da *LEF* em 1924, mas continuou publicando na revista. (N. do T.)

[10] Óssip Brik (1888-1945), teórico e principal financiador da *LEF*. Era casado com Lili Brik, a quem Maiakóvski dedicou *Sobre isto e outros poemas de amor*. (N. do T.)

Posfácio

Fiquei desconfortável. Em quais jornais? Eu tinha dez folhas de impressão[11] escritas. Era hora de ficar quieto.

— Mas em quais — guinchei — devo ir?

— Não em quais, mas "ao jornais", de modo geral — disse-me com paciência a moça que parecia um menino.

— Tyniánov, você já publicou no jornal? — perguntou-me Vitali Jemtchujni.

— Algumas vezes. Artigos. Anúncios — respondi, quase inaudível.

— Anúncios é com a Mosselprom[12] — disse-me Vitali Jemtchujni. — Você é um completo novato. Um molecote.

Ele me deu um tapinha de leve no ombro.

De repente, um menino ainda muito novo objetou, para minha surpresa:

— Nós já fomos. Eles não deixam. Dizem que não precisam.

— Como assim, não precisam? — disse Vitali Jemtchujni. — Trata-se de uma encomenda da sociedade.[13]

---

[11] Dez "folhas de impressão" equivaliam a aproximadamente 160 páginas. (N. do T.)

[12] União de Empresas de Processamento de Produtos Agrícolas do Distrito de Moscou, entidade que existiu de 1922 a 1937, e cujos slogan e identidade visual foram criados por Maiakóvski, Ródtchenko e outros artistas de vanguarda. (N. do T.)

[13] Criado no ambiente da *LEF*, o termo "encomenda da sociedade" caracterizava toda obra intelectual que se reportasse a questões da ordem do dia: "O poeta é mestre da palavra, um artesão do discurso que serve à sua classe [...], é o consumidor que lhe diz sobre o que escrever. [...] Um grande poeta não revela a si mesmo, apenas aceita uma encomenda da sociedade" (Óssip Brik, "O método formal", *LEF*, nº 1, 1923). (N. do T.)

— Dizem que não podemos.

Todos começaram a rir. Eu também soltei um risinho, não desprovido de sarcasmo (talvez me perdoassem pelo romance?).

— Escrevam viagens, então, igual o Vítia[14] — disse Vladímir Vladímirovitch.

— Ora, mas tenho a impressão de que Karamzín[15] já... — chiei de repente. A frase me escapou. A moça me olhou de tal forma que eu até me mexi na cadeira...

Mas outra vez o menino objetou, audaciosamente:

— E se eu não conseguir comprar passagem?

Era ele o molecote. Olhei-o com olhos arregalados e fiquei um pouco animado.

— Isso. E a passagem? — perguntei audaciosamente.

— Kirsánov, sente-se na rua Varvarka e descreva-a — Vladímir Vladímirovitch disse a ele. — Você ficará com Paris. Ródtchenko já a descreveu.

— Camaradas — disse a moça —, chegou da tipografia uma encomenda da sociedade: corrigir as provas de prosa.

— Eu não passei a palavra para a senhora — disse Vladímir Vladímirovitch. — Beba chá, já que trabalha aqui. Quando em 1926 nós combatemos contra Polonski,[16] ficou decidido: deve haver disci-

---

[14] Viktor Chklóvski, que em 1923 publicou *Viagem sentimental*, suas memórias sobre a revolução e a guerra civil. (N. do T.)

[15] Historiador do Império e autor de *Cartas de um viajante russo* (1791), um dos mais famosos relatos de viagem da literatura daquele país. (N. do T.)

[16] A controvérsia com Viatcheslác Polonski (1886-1932) aconteceu

Posfácio

plina nas reuniões. Beba chá. Agora vou ler os poemas novos.

— Ora, mas tenho a impressão de que Púchkin já escreveu poemas — murmurei, pensando que de todo modo a minha causa já estava perdida. E ser um molecote não era lá tão aprazível.

— Se Púchkin fosse vivo, nós o convidaríamos para colaborar com a *LEF* — respondeu-me em tom severo o meu amigo Viktor Chklóvski.

No mesmo momento senti que Púchkin não vinha muito a calhar.

— Ca-ma-ra-das — toldou-nos a voz de baixo de Vladímir Vladímirovitch —, vou ler os poemas. Primeiro vêm os Termos, depois o Institucional. Assêiev recitará os apartamentos para alugar. Isso para começar, e depois...

Então eu ficava ouvindo os novos poemas de Vladímir Vladímirovitch e pensando no que teria acontecido com Púchkin caso o velhinho se recusasse a colaborar com a *LEF*. Nikolai Assêiev ia escrever um *Guia para Aleksandr Púchkin*. Púchkin ia começar a beber. Já eu, vou mandar esses romances ao raio que os parta! Nesse ponto comecei a aplaudir vigorosamente, porque Vladímir Vladímirovitch havia terminado a leitura do Institucional. Depois Vladímir Vladímirovitch começou a ler sobre Púchkin, e depois sobre Liérmontov. Poemas.

Nesse momento eu tomava um susto e recuava para o vestíbulo.

---

em fevereiro de 1927, após este publicar uma resenha intitulada "*LEF* ou blefe?", em que fazia críticas severas aos dois primeiros números da revista *Nova LEF*, principalmente às cartas que Ródtchenko enviou de Paris, aludidas neste texto. Em março, Maiakóvski e Polonski fizeram um debate público no auditório do Museu Politécnico, em Moscou. (N. do T.)

No caminho, tropeçava numa pequena estante e pedia desculpas.
Será que era o Brik?"

* * *

Por vezes era até estranho: de onde vinha tão sutil entendimento da alma humana, em todos os seus meandros, nesse homem que levava uma vida essencialmente cerrada entre quatro paredes? Desde cedo a doença limitou-lhe as oportunidades de viajar, e suas viagens estavam sempre ligadas a tentativas de resistir à enfermidade que o afligiu por muito anos e finalmente levou-o à morte.

No entanto, o contraste entre a pouca experiência de vida e a profundidade psicológica presente em seus livros é apenas aparente. Tyniánov sabia tirar conclusões inesperadas de observações que eram, por vezes, completamente insignificantes. Em *A morte de Vazir-Mukhtar*, ele descreveu Tbilisi de acordo com fontes históricas, mas quando, em 1938, visitou-a pela primeira vez, revelou-se diante de seus olhos aquela mesma cidade que ele construíra em sua imaginação. Como se sabe, Cuvier certa vez reconstituiu o esqueleto de um animal pré-histórico tendo apenas um de seus ossos. Também para Tyniánov, um único detalhe era suficiente para a reconstituição de toda a estrutura — histórica, etnográfica, lexical — à qual este pertencera.

É impressionante a riqueza das associações, a justaposição de detalhes, ideias e fenômenos infinitamente distantes, os quais auxiliavam-no a traçar, em gestos amplos e audaciosos, quadros da vida no tempo de Pedro I, nas décadas de 1820 e 1830, na época de Púchkin, na década de 1950. E há outro traço que o caracteriza como escritor e ser humano: a capacidade de ouvir o rumor do tempo, acessível apenas àquele que enxerga com nitidez o movimento da história, o curso e a colisão dos valores históricos.

Posfácio

Não devemos achar que Tyniánov estava imerso apenas em seus estudos históricos, ou que só deles provinham suas fontes de inspiração. Sua força consistia no fato de ser ele um homem profundamente contemporâneo, que compreendia perfeitamente o significado global do novo período da história russa. Não há dúvida de que suas obras não poderiam ter sido concebidas em qualquer outra época. O destino histórico da nossa nação é algo que o preocupou por toda a sua vida, preocupação esta que permeia seus livros, que, embora tratem de tempos remotos, são profundamente contemporâneos. "O sentimento de que a nossa nação é uma nação grandiosa, que preserva os valores antigos e cria valores novos, é a força motriz do trabalho do historiador da literatura e do romancista histórico", escreveu ele.

Não pude ainda confirmar a publicação de uma entrevista que Tyniánov deu sobre a sua obra, aparentemente no ano de 1938. Eis o que ele disse sobre a necessidade de a literatura combater o fascismo:

"O fascismo deve ser desmascarado do começo ao fim, toda a sua prática e a sua teoria. Em especial, o escritor que trabalha com materiais históricos deve denunciar a exuberante porém falsa genealogia com que o fascismo, qual um verdadeiro *parvenu*, esconde sua origem pequeno-burguesa. Seus ancestrais não são Odin ou os bárbaros, tampouco César e Pompeu, mas os miseráveis saqueadores e os colonialistas aventureiros do século XIX, cobertos de vergonha.

A queima de livros na fogueira não tem origem na Antiguidade — isto foi feito em 1817 pelo tolo Friedrich Jahn em Wartburg; até os livros permanecem essencialmente os mesmos: aquele queimara os livros de Immermann, amigo de Heine; os de hoje queimam os livros do próprio Heine.

Suas conjecturas veterinárias, filosofias policialescas e genealogias fantásticas servem para justificar uma espoliação de proporções nunca vistas. É dever dos escritores derrubar esse edifício miserável. Os escritores devem estar prontos para trocar a arma de sua pena pela arma no sentido literal. Entre os escritores ocidentais há aqueles que lembram o Du Chariot[17] de Saltikóv-Schedrin, que 'começa ilustrando os direitos dos homens e termina ilustrando os direitos dos Bourbon'. Devemos combater também esses cúmplices do fascismo, sejam eles cúmplices por fraqueza, por falta de caráter ou por sede de autopreservação."

A prosa histórica é poderosa por ser necessária ao seu tempo, por estar ligada a ele e surgir como um reflexo dele. Por que motivo o país todo correu para ler *Guerra e paz* nos tempos da Grande Guerra Patriótica?[18] Porque essa obra trata não só de como nós vencemos, mas também do que somos, e do motivo por que nós certamente venceremos outra vez. Assim, ao ler as obras de Tyniánov, nós, russos de meados do século XX, vemo-nos a nós mesmos, com todas as nossas alegrias, infortúnios, esperanças e ambições.

[17] Personagem do romance *História de uma cidade* (1870), de Mikhail Saltikóv-Schedrin. (N. do T.)

[18] Assim os russos costumam chamar a Segunda Guerra Mundial. (N. do T.)

Posfácio

SOBRE O AUTOR

Iuri Nikoláievitch Tyniánov (1894-1943) nasceu de pais judeus em Réjitsa (atual Rezekne), na província de Vítebsk, hoje parte da Letônia. Graduou-se em filologia na Universidade de Petrogrado e, após um breve período em que trabalhou como intérprete para o Comintern, passou a lecionar literatura no Instituto de História da Arte de Petrogrado. Ligado ao grupo dos formalistas russos, nos anos 1920 Tyniánov escreveu ensaios seminais sobre história e teoria da literatura; datam dessa época os trabalhos *Gógol e Dostoiévski: para uma teoria da paródia* (1921), *O problema da linguagem poética* (1924), *Arcaizantes e inovadores* (1929) e *Púchkin e seus contemporâneos* (1929). Após o fechamento do instituto, em 1931, Tyniánov tornou-se editor da respeitada série Biblioteca do Poeta, da editora Soviétski Pissátel.

Tyniánov é reconhecidamente o maior inovador do gênero da ficção histórica, autor de obras que condensam pesquisa histórica e literária com técnicas modernistas de montagem e aguçados retratos psicológicos. *Kiúkhlia* (1925), seu romance de estreia, tem como protagonista o dezembrista Wilhelm Küchelbecker, amigo de infância de Púchkin; neste romance, que nasceu de palestras dadas pelo autor, Tyniánov propõe que Küchelbecker serviu de inspiração a Púchkin na criação de seu personagem Ievguêni Oniéguin, herói do poema homônimo. *A morte de Vazir-Mukhtar* (1928) trata de todo o ambiente cultural que cercava o dramaturgo Aleksandr Griboiédov e sua geração, formada por intelectuais progressistas que tiveram suas expectativas frustradas com o recrudescimento da autocracia que se seguiu à revolta dezembrista. Entre as obras de ficção histórica destacam-se também *A figura de cera* (1931), sobre os últimos dias do tsar Pedro I, e *O jovenzinho Vitiuchichnikov* (1933), ambientado no reinado de Nicolau I. Tyniánov deixou ainda um grande romance inacabado sobre a vida de Púchkin, cuja primeira parte foi publicada em 1936.

Tyniánov foi um importante teórico do cinema, tendo trabalhado no roteiro de *O capote* (1926, direção de Leonid Trauberg e Grigori Kôzintsev), uma adaptação da obra de Nikolai Gógol. A novela *O tenente Quetange* descende de um roteiro para um filme mudo que em 1927 o autor ofereceu ao diretor Serguei Iutkiévitch. Por uma série de motivos, o filme não pôde ser realizado. Em 1928 o roteiro foi transformado numa novela, e em 1934 surgiu um segundo roteiro, para um filme falado, que ganhou as telas com direção de Aleksandr Feinzimmer e música de Serguei Prokófiev. Além de assinar o roteiro, Tyniánov acompanhou o trabalho no set de filmagem e na ilha de edição.

SOBRE A TRADUTORA

Aurora Fornoni Bernardini, formada em Letras Anglo-Germânicas e Russo, é atualmente pesquisadora sênior e professora titular do Programa de Pós-Graduação em Teoria Literária e Literatura Comparada da Universidade de São Paulo. Ocupa-se com tradução literária, ensaística, crítica e criação.

Entre os mais de noventa livros traduzidos do italiano, do francês, do inglês e do russo, destacam-se *Ka*, de Velímir Khlébnikov (Perspectiva, 1977); *Dos diários de Serguei Eisenstein e outros ensaios*, de V. V. Ivánov (Edusp, 2009, com Noé Silva); *A estrutura do conto de magia*, de E. M. Meletínski *et al.* (EdUFSC, 2015, com outros tradutores); *Poesia russa: seleta bilíngue* (Kalinka, 2016); *Luminescência: antologia poética*, de Viatcheslav Kupriyanov (Kalinka, 2016); os contos "Taman", de Mikhail Liérmontov e "Liômpa", de Iuri Oliécha, para o livro *Nova antologia do conto russo* (Editora 34, 2011, organização de Bruno Gomide); *Os sonhos teus vão acabar contigo*, de Daniil Kharms (Kalinka, 2013, com Daniela Mountian e Moissei Mountian), finalista do Prêmio Jabuti; "Poemas do Dr. Jivago", no livro *Doutor Jivago*, de Boris Pasternak (Companhia das Letras, 2017); *Os arquétipos literários*, de E. M. Meletínski (Ateliê Editorial, 1998, com Homero Freitas de Andrade e Arlete Cavaliere); e *Do mito à literatura*, do mesmo autor, no prelo pela mesma editora.

Entre os prêmios recebidos destacam-se o Diploma d'Onore: Presenza Italiana in Brasile, do Circolo Italiano di São Paulo, pela tradução de *O nome da rosa*, de Umberto Eco (Nova Fronteira, 1983, com Homero Freitas de Andrade); o Prêmio Jabuti pela tradução de *Daquela estrela à outra*, de Giuseppe Ungaretti (Ateliê Editorial, 2004, com Haroldo de Campos); e o Prêmio Paulo Rónai pela tradução de *Indícios flutuantes*, de Marina Tsvetáieva (Martins, 2006).

ESTE LIVRO FOI COMPOSTO EM SABON,
PELA FRANCIOSI & MALTA, COM CTP E
IMPRESSÃO DA EDIÇÕES LOYOLA EM PA-
PEL PÓLEN NATURAL 80 G/M² DA CIA.
SUZANO DE PAPEL E CELULOSE PARA A
EDITORA 34, EM MAIO DE 2023.